D0743630

MUERTE EN MAR ABIERTO

Andrea Camilleri

MUERTE EN MAR ABIERTO

Y OTROS CASOS DEL JOVEN MONTALBANO

Traducción del italiano de
Carlos Mayor

Título original: *Morte in mare aperto e altre indagini del giovane Montalbano*

Ilustración de la cubierta: Ferdinando Scianna / Magnum Photos / Contacto

El traductor desea mostrar su agradecimiento a la Casa delle Traduzioni de Roma por el apoyo prestado.

Publicaciones y Ediciones Salamandra, S.A.
Almogàvers, 56, 7º 2ª - 08018 Barcelona - Tel. 93 215 11 99
www.salamandra.info

ISBN: 978-84-9838-762-9
Depósito legal: B-21.838-2016

1ª edición, noviembre de 2016
Printed in Spain

Impresión: Romanyà-Valls, Pl. Verdaguer, 1
Capellades, Barcelona

La habitación número dos

Uno

Estaban hablando de esto y aquello sentados en el porche, cuando, de repente, Livia soltó una frase que sorprendió a Montalbano.

—Cuando envejezcas, serás peor que un gato acostumbrado a su rutina —dijo.

—¿Y a qué viene eso? —preguntó el comisario, atónito. Y puede que también algo molesto; no le hacía gracia pensar en envejecer.

—Tú no lo ves, pero eres sumamente metódico, ordenado. Si algo no está en su sitio, te da rabia. Te pones de mal humor.

—¡Venga ya!

—No te das cuenta, pero eres así. En la *trattoria* de Calogero te sientas siempre a la misma mesa. Y, cuando no vas a comer allí, eliges siempre un restaurante al oeste.

—¿Al oeste de qué?

—Al oeste de Vigàta, no me vengas con ésas. Montereale, Fiacca... Nunca vas, qué sé yo, a Montelusa o a Fela... Y seguro que allí hay sitios buenos. Por ejemplo, me han dicho que en San Vito, en la playa de Montelusa, hay como mínimo dos restaurantes que...

—¿Sabes cómo se llaman?

—Sí. L'Ancora y La Padella.

—¿Tú cuál escogerías?

—Así, por intuición, me parece que La Padella.

—Pues esta noche te llevo —zanjó el comisario.

Para enorme satisfacción de Montalbano, cenaron fatal. Aquello era casi comida para perros. Bueno, no, seguro que los perros comían mejor. El local presumía de su fritura mixta de pescado, pero el comisario tuvo la sospecha de que el aceite que utilizaban era de motor de camión, y el pescado, en lugar de estar crujiente como era de esperar, estaba blandurrio y acuoso, como si lo hubieran preparado el día anterior. Cuando Livia se disculpó por el error que había cometido, a Montalbano le dio la risa.

Acabada la cena, sintieron el impulso inmediato de limpiarse el paladar y fueron a tomar algo, él un whisky y ella un *gin-tonic*, a un bar que quedaba justo a la orilla del mar.

Al volver a Vigàta, y para demostrar a Livia que no era tan incapaz como ella creía de salir de su rutina, Montalbano cogió un camino distinto del habitual. Llegó a las primeras casas de la parte superior del pueblo, desde donde se divisaban el puerto y el mar sereno, en el que la luna se reflejaba como en un espejo.

—¡Qué bonito! Vamos a parar un momento —pidió Livia.

Bajaron del coche y el comisario encendió un pitillo.

Eran poco más de las doce y el barco correo para Lampedusa, todo iluminado, estaba maniobrando para salir del puerto. Al filo del horizonte se veía la luz de alguna barca.

Justo detrás de ellos, algo aislado, había un viejo edificio de tres plantas, bastante destartalado, en cuya fachada, desconchada aquí y allá, brillaba un rótulo de neón: «HOTEL PANORAMA.» La puerta estaba cerrada; los clientes que llegaran tarde tendrían que llamar al timbre para entrar.

Livia, fascinada por aquella noche tranquila y clara, quiso esperar a que el barco correo estuviera en mar abierto para marcharse.

—Noto como un olor a quemado —comentó, cuando ya se acercaban al coche.

—Yo también —contestó el comisario.

En ese preciso instante, se abrió la puerta del hotel y una voz empezó a gritar desde dentro:

—¡Fuego! ¡Fuego! ¡Fuera todo el mundo! ¡Deprisa! ¡Fuera todo el mundo!

—¡Quédate aquí! —ordenó Montalbano a Livia, mientras él se precipitaba hacia la puerta.

Por algún lado le pareció oír el rugido de un coche que arrancaba y se alejaba a toda prisa, pero no habría podido jurarlo, porque del interior del hotel surgían ruidos extraños.

En cuanto entró en el vestíbulo, pequeño y estrecho, vio, entre una densa humareda, lenguas de fuego altas y decididas al fondo de un corto pasillo. Al pie de la escalera que había en el centro del vestíbulo y que llevaba al piso de arriba, un individuo en camiseta de tirantes y calzoncillos seguía dando voces:

—¡Salgan! ¡Deprisa! ¡Fuera todo el mundo!

En ese momento bajaron por la escalera, unos en ropa interior y otros en pijama, pero todos soltando maldiciones, con los zapatos y la ropa en la mano, primero tres hombres, luego dos más y por fin otro. Este último iba completamente vestido y llevaba un maletín. En aquel hotel no había mujeres.

El que estaba al pie de la escalera, un anciano, se volvió para salir él también y entonces vio al comisario.

—¡Vámonos!

—¿Quién es usted?

—El propietario.

—¿Están a salvo todos los huéspedes?

—Sí. Habían vuelto todos.

—¿Ha llamado a los bomberos?

—Sí.

De repente se quedaron a oscuras.

Fuera se oían ya los gritos de una veintena de personas de las casas vecinas, que habían bajado a la calle sin siquiera vestirse.

—Sácame de aquí —pidió Livia, inquieta.

—Están todos a salvo —dijo el comisario para tranquilizarla.

—Me alegro. Pero los incendios me dan miedo.

—Vamos a esperar la sirena de los bomberos —contestó Montalbano.

A la mañana siguiente, cogió el camino más largo para ir a la comisaría, el que pasaba por la parte alta del pueblo. Le había entrado la curiosidad, tan repentina como irresistible, de saber cómo había acabado el viejo hotel. Dado que los bomberos habían llegado tarde y que para apagar las llamas había hecho falta mucho tiempo, el interior del edificio había desaparecido, se había quemado todo; sólo quedaban en pie las paredes externas, con agujeros en lugar de ventanas. Dentro aún había algún bombero trabajando. Todo el perímetro estaba acordonado. Cuatro guardias municipales mantenían a raya a los curiosos. Montalbano los miró con cara de pocos amigos: no soportaba ese turismo de la desgracia, a esa gente que corría a ver el lugar de un desastre o de un delito. Si hubiera muerto alguien en el incendio, seguro que la multitud congregada se habría triplicado.

En el aire aún había olor a quemado. Lo invadió un intenso sentimiento de desolación y se marchó.

Estaba aparcando cuando vio que Mimì Augello salía a toda prisa de la comisaría.

—¿Adónde vas?

—Me ha llamado el jefe de los bomberos, han apagado un incendio que esta noche...

—Estoy al tanto.

—Dice que no cabe duda de que ha sido intencionado.

—Cuando vuelvas me pones al corriente.

Mientras, le contó a Fazio cómo habían acabado Livia y él delante del hotel en el momento del incendio y cómo había asistido a la salida de los clientes.

—¿Tú conoces al propietario?

—Sí, claro. Se llama Aurelio Ciulla, es amigo de mi padre.

—¿Y ya está?

—Jefe, a Ciulla ese hotel no le da ni para pipas. Aguanta con ayudas y subvenciones del ayuntamiento, del gobierno regional...

—¿Por qué no cierra?

—Casi ha cumplido setenta años y le tiene cariño al hotel. Si lo cierra, ¿qué hace? ¿Cómo se las apaña?

—Dicen los bomberos que el incendio ha sido intencionado. ¿Crees que puede haber sido el propio Ciulla?

—¡Qué va! Por lo que yo sé, es un hombre honrado, nunca ha tenido problemas con la ley. Es viudo, no va con mujeres, no tiene vicios, aunque puede que por desesperación...

Augello volvió al cabo de dos horas. No parecía de muy buen humor.

—Un chasco de tres pares de narices. Al final, el jefe de los bomberos, después de mucho rebuscar, no está muy convencido de que el incendio haya sido intencionado...

—¿Por qué?

—El fuego se declaró en el cuarto de la ropa blanca, que es bastante grande y está en la planta baja, al fondo del pasillo. Allí guardaban las sábanas, las fundas de las almohadas... El jefe de los bomberos ha encontrado una botella de cristal que sin duda alguna contenía gasolina.

—¿Un cóctel molotov? —preguntó Montalbano.

—Eso le ha parecido.

—¿El cuarto tenía ventana?

—Sí. Y estaba abierta. Pero el señor Ciulla, el propietario, le ha dicho que allí guardaba una botella de gasolina porque le iba bien para quitar manchas.

—¿Y entonces?

—Y entonces no hay explicación, porque está claro que no se trata de un cortocircuito. De todos modos, el jefe de los bomberos no lo ve muy claro.

Montalbano reflexionó un momento y luego dijo:

—A mí las cosas que se quedan sin explicación me fastidian.

—Y a mí —respondió Augello.

—¿Sabes qué te digo? Llama a Ciulla y dile que se pase por aquí después de comer, a las cuatro.

Augello salió y volvió al cabo de cinco minutos.

—Dice que vendrá a las seis porque lo han llamado de la aseguradora Fides por lo del incendio.

—¿A qué número has llamado?

—Al que me ha dado él. Me ha dicho que era el de su casa.

—¿Y cómo es que anoche dormía en el hotel?

—¡Y yo qué sé! Pregúntaselo a él cuando venga.

Aurelio Ciulla, que iba vestido discretamente, era el hombre con el que había hablado Montalbano la noche anterior, mientras el hotel era pasto de las llamas.

—Siéntese, señor Ciulla. Ya conoce al *dottor* Augello y al inspector Fazio. Y usted y yo nos conocimos anoche.

—¿Ah, sí? ¿Cuándo?

—Me encontraba en las inmediaciones del hotel cuando se declaró el incendio, entré y hablamos.

—Discúlpeme, pero no me acuerdo de nada.

—Es comprensible. Tengo curiosidad: ¿cómo es que ayer durmió en el hotel?

Ciulla lo miró extrañado.

—Pero ¡si el hotel es mío!

—Lo sé perfectamente, pero como le ha dado al *dottor* Augello el teléfono de su piso de Vigàta...

—Ah, ya lo entiendo. Lo hago a menudo, comisario, y no sé muy bien por qué. Algunas noches, si me da por ahí, o si hace demasiado calor, duermo en el hotel. Y otras no.

—Entendido. ¿El hotel está asegurado?

—Por supuesto. Y estoy al día de todos los pagos. Pero hoy los de la aseguradora me han citado para decirme que han recibido un informe de los bomberos que dice que el incendio fue intencionado, por lo que, antes de nada, tienen que cerciorarse de que no lo fue.

—Precisamente por eso lo he llamado. Para que nos viéramos y tratáramos de entender...

—Comisario, no hay gran cosa que entender. Como el hotel no va bien, o digamos incluso que va bastante mal, todo el mundo cree que he sido yo el que le ha prendido fuego para embolsarme el dinero del seguro.

—Tiene que reconocer que...

—A ver, yo a los de la aseguradora les he dicho que demostrar que no he tenido nada que ver no es cosa mía.

—Ya lo sé, es cosa nuestra y de ellos. Si todo saliera bien, ¿cuánto deberían pagarle?

—Una miseria. Unos veinte millones de liras.

—Bueno, una miseria tampoco es que sea.

—Es que yo puedo demostrar que no tenía el más mínimo interés en incendiar el hotel.

—¿Y eso?

—¿Usía conoce al ingeniero Curatolo?

Montalbano miró a Fazio.

—Tiene la mayor constructora de la provincia —explicó éste.

—Pues la semana pasada me llamó él en persona. Quería que le vendiera el hotel. Me daba treinta millones. Le interesaba el solar edificable. A ver, ¿qué motivo iba a tener yo para provocar un incendio y arriesgarme a ir a la cárcel? Si no me creen, llamen al ingeniero y ya verán que les digo la verdad.

Dos

El razonamiento era impecable y alejaba a Ciulla de las sospechas de haber sido el culpable.

Sin embargo, el asunto del ingeniero merecía un mínimo de atención. Con el hambre de solares edificables que había en aquel momento, no cabía descartar la posibilidad de que alguien hubiera recurrido a un acto peligroso.

—¿Cómo contestó usted a la propuesta de Curatolo?

—Ni sí ni no.

—¿Le dio largas?

—No, comisario. Él no quería una respuesta de inmediato, me dejó quince días para pensarlo...

—¿Y ahora va a decirle que sí?

—¿Qué otra cosa puedo hacer?

—Si no hubiera habido incendio, ¿qué le habría contestado?

—Muy probablemente que no. Pero...

—Pero ¿qué?

—Si usía cree que puede haber sido el ingeniero para obligarme a venderle el terreno, le digo ya que va muy desencaminado. No es su estilo hacer esas cosas.

Montalbano miró a Fazio, que asintió. Estaba de acuerdo con lo que había dicho Ciulla. Excluida esa hipótesis, al comisario se le ocurrió otra de inmediato y decidió afrontar directamente la cuestión, sin rodeos.

—La zona en la que estaba su hotel es territorio de los Sinagra. ¿Usted paga el *pizzo*?

Ciulla no se mostró en absoluto impresionado por una pregunta tan explícita.

—No, señor.

Montalbano reaccionó con firmeza:

—¡No me venga con ésas!

—Comisario, la mafia sabe quién tiene dinero y quién no. A mí de vez en cuando me piden algún favor y se lo hago.

—¿Por ejemplo?

—Me mandan a alguien al hotel una o dos noches y no le cobro nada.

—Pero ¿registra su nombre?

—Siempre. Llegamos a un acuerdo claro y lo han respetado. Nunca he escondido a fugitivos ni a gente así.

En ese momento, Montalbano se acordó de algo que había visto la noche anterior.

—¿Por qué estaban arriba todos los clientes? ¿En la planta baja no hay habitaciones?

—Se lo explico. La planta baja está compuesta por una cocina y un comedor que llevan años cerrados, un saloncito para los clientes, el despacho, dos baños, la habitación número uno, la número dos y el cuarto que se incendió. Las dos habitaciones son grandes, cada una con su sala de estar. En la uno estaba yo, y la dos casi siempre está desocupada, porque es la más cara. Los clientes estaban todos ubicados en el primer piso por el simple motivo de que así a la camarera le resulta más cómodo limpiar las habitaciones.

—¿Hay aparcamiento?

—Sí, señor, en la parte de atrás. Es grande.

—¿Está vigilado?

—No, señor. Y, como no hay vigilancia y está al aire libre, muchas veces los vecinos dejan ahí el coche sin cortarse, pero yo hago la vista gorda y no digo nada.

—¿Hay entrada trasera?

—Sí, señor. Da al aparcamiento.

—A ver si lo entiendo. ¿Cualquiera que pasara por la calle podría meterse en el aparcamiento, cruzarlo y llegar a la ventana del cuarto de la ropa blanca sin que nadie lo detuviera?

—Pues sí.

—¿Las fichas y los registros han quedado destruidos?

—Sí, señor.

—¿Los de anoche eran clientes habituales?

—Cuatro sí y dos no.

—¿Por casualidad no recordará sus nombres?

—Sí, claro. Tengo la lista para el reembolso de los daños. Sólo uno no quiere el dinero porque no ha perdido nada, pero de todas formas me sé el nombre y el apellido.

—Hágame el favor de entregarle esa lista hoy mismo al inspector Fazio.

—Puedo dictársela ahora, porque tengo una memoria de elefante.

—¿Dónde han alojado a los clientes?

—En el Hotel Eden.

—Le pido un poco más de paciencia. Cuénteme qué había exactamente en ese cuarto.

—Sábanas, fundas de almohada, toallas, trapos, servilletas... También papel higiénico, bayetas...

—¿Todo material inflamable?

—Sí, señor.

—Por lo general, ¿la puerta estaba cerrada con llave?

—¡Qué va!

—¿Cuánta gente se encarga de coger de ese cuarto lo que se necesita?

—Una sola persona: la camarera, Ciccina, que es la única fija. Es de absoluta confianza, lleva diez años conmigo. En caso de necesidad, llamo a una segunda camarera, Filippa. Pero ayer sólo estaba Ciccina, y por la noche se va a dormir a su casa.

—¿Ciccina fuma?

—No, señor.

—¿Descarta usted que algún cliente o alguien de fuera entrase en el cuarto?

—¿Por la puerta?

—Sí.

—Me habría dado cuenta.

—Una última pregunta: ¿entre los clientes de anoche había alguno al que no tenía que cobrar?

Ciulla lo pilló al vuelo.

—Sí, señor. Uno.

—¿Su nombre está en la lista que va a darnos?

—Desde luego.

—Señáleselo a Fazio. ¿Quién le dijo que tenía que ofrecerle un trato especial?

—Me telefoneó Elio Sanvito.

—Señor Ciulla, por mí con eso basta. Acompañe a Fazio a su despacho. Yo me despido ya y le agradezco su amabilidad.

—¿Qué te ronda por la cabeza? —le preguntó Mimì Augello.

—Si el jefe de los bomberos dice que algo no le cuadra, sus motivos tendrá. Hablando con Ciulla hemos descartado como posibles autores del incendio al propio Ciulla, al ingeniero Curatolo y a la mafia por cuestiones de *pizzo*. ¿Te parece poco?

—No, pero ¿qué tienen que ver los clientes con todo esto?

—¿No es posible que el que incendiara el hotel tuviera algo en contra de alguno de ellos?

—Es posible, pero me parece una locura que, para deshacerse de alguien, se arriesguen a provocar una matanza.

—No sería la primera vez que sucede.

Fazio volvió poco después.

—¿Te ha dictado la lista?

—Sí, jefe. Pero no basta.

—¿Por qué?

—Porque Ciulla se acuerda del nombre y el apellido, pero son todos de fuera y él no sabe dónde viven. Y tampoco se acuerda de los números de teléfono. En la lista que tiene en casa, en cambio, sale todo detallado. Dentro de un cuarto de hora me la trae y hago una fotocopia.

—¿Quién es Elio Sanvito?

—Uno de la familia Sinagra. Es una especie de responsable comercial, dirige los asuntos digamos que legales.

—¿Y el cliente que le mandó a Ciulla?

—Es un tal Ignazio Scuderi, no lo conozco.

Aquel asunto tenía pinta de ir a alargarse. Montalbano miró la hora.

—Muchachos, se me ha hecho tarde. Seguimos con esto por la mañana.

Aquella noche, Livia no abrió la boca cuando el comisario la llevó a cenar al oeste y precisamente al restaurante de Montereale que estaba a la orilla del mar y que tenía como especialidad unos *antipasti* abundantes, variados y sabrosos.

Cuando ya estaban acabando, Montalbano mencionó la posibilidad de que el incendio del hotel hubiera sido intencionado. La joven planteó la pregunta más lógica y natural:

—¿Sospechas del propietario?

El comisario le hizo un resumen de todo lo que había descubierto gracias a la conversación con Ciulla.

—O sea, que supones que alguien prendió fuego al cuarto de la ropa desde fuera, por la ventana.

—Es una posibilidad.

—Acabo de acordarme de una cosa —comentó entonces Livia—. En su momento no le di importancia, pero ahora que lo dices...

—¿Viste algo raro?

—Bueno, tú acababas de entrar en el hotel y yo te miraba desde dentro del coche cuando pasó un vehículo a toda velocidad por la callejuela lateral, se dirigió hacia mí y luego torció a su izquierda.

—Es decir, hacia Montelusa.

—Sí.

—Yo también oí el ruido de un coche que arrancaba y salía a toda pastilla. Puede que dentro fuera el que provocó el incendio.

Livia pareció dudar.

—¿Qué pasa?

—No sé por qué, pero no estoy muy segura de que al volante fuera un hombre. En fin, es una impresión.

—No me imagino a una mujer pirómana.

—Me habré equivocado.

A la mañana siguiente, Fazio tardó bastante en llegar a la comisaría, pero para compensar llevaba noticias interesantes.

—Jefe, he de decirle que, de los seis clientes de la lista de Ciulla, dos siguen aún en Vigàta y los demás se han marchado. Aun así, tengo la dirección y el teléfono de todos.

—Empecemos por esos dos. ¿Quiénes son?

—Uno se llama Ignazio Scuderi y es un mecánico de Palermo; el otro, un tal Filippo Nuara, es comerciante de cereales de Favara. Scuderi es la persona que, según nos dijo Ciulla, le había mandado Elio Sanvito, el hombre de los Sinagra.

—Sobre ese Scuderi habría que...

—Ya me he informado, jefe. Es un mecánico especializado que trabaja para una empresa de camiones frigoríficos de Palermo. Ha venido a hacer el control y la revisión de los vehículos que tienen los Sinagra para el transporte de pescado. No creo que tuviera que ver con el incendio.

Montalbano se quedó desilusionado.

—¿Y del comerciante de cereales qué me dices?

—En ese caso la cosa ya no está tan clara. ¿Qué ha venido a hacer a un pueblo como Vigàta, donde hace treinta y pico años que ya no se exportan cereales?

—¿Tienes la respuesta?

—He telefoneado a Ciulla y me ha contado que el tal Nuara es una especie de cliente fijo que viene todos los meses en la misma fecha y se queda aquí tres días. Le he preguntado si recibe llamadas o si ve a alguien y, según Ciulla, ni una cosa ni la otra. Como Nuara aún no había salido del hotel, he mandado que Gallo lo vigile de cerca y me informe de adónde va y a quién ve.

—Y con los cuatro que ya se han ido ¿qué podemos hacer?

—De esos cuatro, uno es representante y vive en Palermo; el segundo es un aparejador de Caltanissetta; el tercero, un agrimensor de Trapani, y el cuarto, un abogado de Montelusa. Podemos escribir a las distintas jefaturas provinciales y pedirles información.

—¿Estás de broma? ¡Si nos contestan dentro de tres o cuatro meses podremos darnos con un canto en los dientes!

—Entonces, ¿qué piensa hacer?

—Tienes los nombres, ¿no? Y contamos con amigos en toda Sicilia, ¿no? Pues vamos a dirigirnos directamente a esos amigos. Y, si nos enteramos de algo digno de tener en cuenta, vamos en persona a ver cómo está la cosa. No hay tiempo que perder. En Palermo yo tengo al comisario Lanuzza.

Tres

Fazio subió la apuesta:

—En Caltanissetta yo tengo al inspector Truscia.

Montalbano no quiso quedarse atrás:

—En Trapani está Lo Verde. Y en cuanto a Montelusa no hay que preocuparse, lo único que tenemos que hacer es elegir a uno.

Llamaron a la puerta. Era Gallo.

—¿Por qué has vuelto? —le preguntó Fazio.

—Porque he hecho lo que me tocaba y me ha parecido que ya no valía la pena seguir pegado a Nuara. Lo he dejado pagando la cuenta del hotel, con el taxi esperando en la puerta. Se marchaba.

—¿Qué ha hecho por la mañana?

—Ha bajado, ha llamado a un taxi que lo ha llevado a una floristería, ha pedido que le preparasen un ramo bien grande, ha subido de nuevo al taxi, ha ido al cementerio, ha dejado el ramo encima de una tumba, ha rezado y luego ha vuelto al hotel.

—¿Has visto el nombre de la lápida?

—Sí. Giovanna Rossotto de Nuara.

—Llama al párroco y pregúntale si ayer dijeron una misa por el alma de la señora Nuara.

Fazio telefoneó y recibió confirmación. Aquel pobre hombre, explicó el cura, acudía todos los meses a visitar la tumba de su mujer.

El primero en contestar a la petición confidencial hecha por Montalbano fue su homólogo Pippo lo Verde, de Trapani, que lo llamó a las cinco de la tarde del día siguiente.

—Salvo, querías saber algo sobre un tal Saverio Custonaci, agrimensor, y de algo me he enterado.

—Cuéntame.

—Contarte por teléfono a qué se dedica en realidad Custonaci es un poco complicado. Sólo te diré que te parecerá un individuo interesante. ¿Te gustaría ver con tus propios ojos qué clase de hombre es?

—Muchísimo.

—Es metódico, cena siempre en el mismo restaurante, donde, por cierto, se come de maravilla. Te invito esta noche. ¿Te parece si quedamos a las ocho y media en el Bar Libertà?

—Me parece estupendo. Oye, ¿te molesta si llevo a mi novia?

—¿Cómo va a molestarme? ¡Al contrario! Así la conozco.

Livia se alegró muchísimo de la invitación. E hizo buenas migas con Lo Verde de inmediato.

Cuando iban a pie hacia el restaurante, Lo Verde explicó a Montalbano que, en efecto, en su juventud Custonaci se había dedicado a medir terrenos. Era competente, y todo el mundo lo apreciaba por su honradez y, sobre todo, porque en las negociaciones de compra y venta sabía mantenerse neutral y hacer una valoración imparcial.

Luego, un buen día, a Sabato Sutera, conocido mafioso que tenía un asunto pendiente con otro mafioso, Ernesto Pilato, se le ocurrió pedirle a Custonaci que hiciera una especie de arbitraje sobre su disputa. El agrimensor aceptó y cumplió el encargo para satisfacción de ambas partes. Y, desde entonces, Custonaci se convirtió en mediador: dictaminaba no sobre terrenos, sino sobre cuestiones delicadas que surgían entre familias mafiosas enfrentadas y que tenían todas las papeletas para acabar a bofetadas.

De ese modo su fama fue creciendo tanto que traspasó los límites de la provincia. Empezaron a llamarlo de todos los rincones de Sicilia.

—Seguro que fue a Vigàta para dirimir una cuestión entre los Sinagra y los Cuffaro —concluyó Lo Verde.

«Y puede que los Cuffaro no quedaran satisfechos y decidiesen quitarlo de en medio», pensó Montalbano, pero no dijo nada.

Por lo visto, Lo Verde había reservado una mesa justo al lado de la de Custonaci. Cuando llegaron ellos tres, el hombre ya estaba sentado, solo, y esperaba a que le sirvieran el primer plato mirando a los demás clientes.

Tendría unos sesenta años, era regordete, de aspecto franco y cordial, con un aire de afabilidad que despertaba confianza en quien tenía delante y ganas de hacerle confidencias. Iba vestido de campesino, con americana y pantalones de franela, pero tenía modales de hombre educado. Respondió al saludo de alguien que acababa de entrar con una sonrisa que le hizo adoptar una expresión entre episcopal y paternal. Se lo veía muy tranquilo, en su salsa.

No, no era en absoluto la actitud de quien acaba de sufrir un intento de asesinato.

—¿Va solo? —le preguntó Montalbano a Lo Verde.

—¿Quieres decir si lleva escolta?

—Sí.

—No la ha tenido nunca.

Y eso confirmó la impresión anterior: el incendio no guardaba relación con Custonaci, quien, por otro lado, acababa de empezar a cenar.

Mientras comía, Montalbano no le quitó ojo. Y, cuando le pareció que el antiguo agrimensor, una vez acabado el postre, estaba preparándose para marcharse, se levantó de golpe y, ante la mirada extrañada de Lo Verde y de Livia, se acercó a su mesa.

—Disculpe si lo molesto.

Custonaci no mostró la más mínima sorpresa.

—En absoluto, comisario Montalbano.

—¿Me conoce?

—Hasta hace un momento, sólo de vista. Ahora tengo el honor de conocerlo en persona. Tome asiento.

Montalbano así lo hizo.

—Estoy a su entera disposición —dijo Custonaci, dedicándole una sonrisa alentadora.

—Agradezco su cortesía. La otra noche se encontraba usted en Vigàta cuando el hotel en el que se alojaba...

—Sí, no fue nada agradable. Y quizá habría salido peor parado si la habitación número dos no hubiera estado ocupada. Es la que pido habitualmente. Tiene una salita que me permite recibir a las personas que recurren a mí en un terreno digamos neutral.

Montalbano se quedó algo desorientado. ¿No le había dicho Ciulla que la número dos no estaba ocupada? Sin embargo, delante de Custonaci prefirió disimular.

—Comprendo. Pero ¿por qué dice que habría corrido más peligro en la habitación número dos?

—Porque está al lado del cuartito donde se declaró el incendio. El humo podría haberme asfixiado mientras dormía.

—¿Le han contado que el jefe de los bomberos cree que se trató de un incendio intencionado?

El comisario no esperaba la respuesta que le dio Custonaci ni el tono casi indiferente que adoptó.

—No parece una suposición demasiado infundada.

—¿Usted está de acuerdo?

—¿Por qué? ¿Usted no, *dottor* Montalbano? Si pensara de otro modo no se dedicaría a perder el tiempo conmigo.

—¿Hablando con usted pierdo el tiempo?

—Depende de lo que quiera saber de mí. Si, es un suponer, lo que le interesa saber es si con ese incendio alguien pretendía matarme, en efecto está perdiendo el tiempo.

—¿Cómo puede estar tan seguro?

—Por el simple hecho de que mi tarea se resolvió con la máxima satisfacción para ambas partes implicadas. —Sonrió—. El acuerdo salió perfecto, no había reclamación posible. De ningún tipo. ¿Me explico?

—Divinamente.

Montalbano dio por concluida la conversación e hizo ademán de levantarse, pero Custonaci lo detuvo con un gesto de la mano.

—¿Ahora puedo hacerle yo una pregunta?

—Desde luego.

—Usted estaba en el hotel cuando bajamos la escalera para salir. Lo vi y lo reconocí, a pesar del humo y de la agitación. ¿Recuerda cuántos clientes éramos?

—Seis.

—Exacto. Yo también recuerdo a seis. Éramos ocho personas en total, contando a Ciulla y a usted. —Hizo una pausa. Había dejado de sonreír—. Pero en ese caso las cuentas no salen.

—¿Por qué?

—Porque, si la habitación número dos estaba ocupada, los clientes tendríamos que haber sido siete. Es cuestión de números, comisario. No se trata de opiniones ni de suposiciones. Usted, que por lo visto llegó en cuanto Ciulla se puso a gritar, ¿vio salir a alguien de esa habitación?

—No.

—Pues yo tampoco. Y eso quiere decir que allí no dormía nadie.

—¿Y entonces?

—Y entonces, ¿por qué me dijo Ciulla que estaba ocupada? Le advierto que cuando voy a ese hotel pago como todo el mundo, ni siquiera pido descuento. ¿Qué motivo tenía para decirme que no? Yo, comisario, si estuviera en su lugar buscaría una explicación.

La mañana siguiente fue importante por tres llamadas telefónicas, una hecha y dos recibidas.

Lo primero que hizo Montalbano fue poner al tanto a Fazio de la charla con Custonaci y pedir que llamaran a casa de Ciulla.

No tenía ganas de perder el tiempo con él, así que fue directo al grano.

—Anoche, casualmente, conocí en Trapani al señor Custonaci y hablamos del incendio. ¿Por qué le dijo que la habitación número dos estaba ocupada cuando a mí me aseguró lo contrario?

Ciulla contestó al instante:

—Es un asunto delicado, comisario.

—Delicado o no, primero conteste a mi pregunta: ¿la habitación número dos estaba ocupada o no?

—Rotundamente no, ya se lo dije. Por otro lado, si hubiera habido un cliente dentro, y de allí no salió nadie, por lógica los bomberos habrían encontrado un cadáver.

—¿Por qué le dijo a Custonaci que estaba ocupada?

—Comisario, Custonaci ha venido a mi hotel tres veces en los últimos meses y siempre le he dado la dos, como me ha pedido. Lo que pasa es que la gente que recibía me daba miedo sólo de verla. Total, que esta última vez me pregunté: «¿Qué necesidad tengo yo de ver a personas como ésas rondando por mi casa?» Y se me ocurrió esa excusa. En consecuencia, tuvieron que reunirse donde les diera la gana, pero no delante de mis narices.

La explicación tenía sentido, y Montalbano colgó.

«¿Cómo se las apañará este hombre para tener siempre una excusa plausible? —se preguntó. Y él mismo se contestó—: O es de los que nunca se apartan ni un milímetro del buen camino o es un hijo de puta de campeonato, aunque no tenga pinta.»

Fazio le contó que a primera hora había tenido noticias de Palermo respecto al representante, que se llamaba Pasquale Sanvito. Por lo visto, se trataba de una persona sobre la que no había absolutamente nada que decir.

Era un hombre serio, buen ciudadano, respetuoso con la ley, buen padre de familia y se ganaba el pan honradamente.

Pensar que hubiesen tratado de matarlo con un incendio no tenía ni pies ni cabeza.

Una media hora después, cuando aún estaban hablando, llamó a Fazio el compañero de Caltanissetta para ponerlo al tanto de lo que había descubierto del aparejador Guido Lopresti.

—Pues mira, Fazio, desde el punto de vista profesional, el tal Lopresti es lo que podría decirse irreprochable. Y trabajo no le falta, porque todo el mundo lo aprecia.

—¿Y desde el punto de vista personal?

—Ahí la cosa cambia por completo.

—¿En qué sentido?

—En el sentido de que es un sinvergüenza. Tiene una mujer que es una joya, joven y guapa, pero no le basta. Se ve con tres mujeres más aquí y con otras dos o tres en los pueblos de la zona. Y, claro, como las cosas se saben, alguna vez esas tres mujeres acaban a tortas. Y esto es todo.

Una vez concluida la llamada, Montalbano y Fazio se miraron decepcionados.

Estaba claro que aquellos sujetos no tenían nada que ver con lo sucedido. Sólo quedaba un último cliente, el abogado de Montelusa.

—¿De ese señor te encargas tú o me encargo yo? —preguntó el comisario.

—Ya me encargo yo —dijo Fazio.

En ese momento llamaron a la puerta y entró Mimì Augello.

Cuatro

—¡Uf, qué caras tan largas! ¿Se ha muerto alguien?

—Estamos en un callejón sin salida con lo del incendio —contestó Fazio.

Como el subcomisario quería estar al tanto, Montalbano se lo contó todo.

—O sea que sólo queda uno de los seis —resumió Augello.

—Sí, un abogado de Montelusa.

—¿Un abogado que vive en Montelusa?

—Sí. ¿Te has quedado sordo o qué?

—¡Es que es raro!

—¿Qué pasa? ¿Es que para ti no se puede ser abogado y vivir en Montelusa?

—¡Yo no he dicho esa gilipollez! El que lo ha pensado has sido tú. ¡Yo estoy razonando muy en serio! —replicó Mimì, ofendido.

—Bueno, vamos a ver ese gran razonamiento.

—Me hago una pregunta, que es la siguiente: ¿por qué ese abogado, una vez hecho su trabajo en Vigàta, por la noche no vuelve a su casa en Montelusa? Aunque no tenga coche y le toque coger un taxi, gastará mucho menos de lo que cuesta una noche de hotel.

Como razonamiento tenía sentido, eso estaba claro.

—Quizá tiene un cliente que trabaja todo el día y sólo puede verlo a última hora de la noche —aventuró Fazio.

—No cuadra —respondió Montalbano—. Mimì tiene razón.

—¿Cómo se llama ese abogado? —preguntó el subcomisario.

—Ettore Manganaro —contestó Fazio.

—¡Ah! —exclamó Augello.

—¿Cómo que «ah»? ¿Es que lo conoces?

—De nombre y de vista. Es uno de los mejores penalistas de Montelusa. Tendrá cuarenta y cinco años, es elegante, de buenas maneras, soltero. Y eso refuerza mis dudas y hace que me plantee otra pregunta.

—Que sería...

—¿Por qué un hombre que gana lo que quiere se aloja en un hotelucho de cuarta categoría? Y con eso aquí os dejo.

Se levantó y se marchó.

—Seguro que a un penalista como ese Manganaro no deben de faltarle enemigos —comentó Fazio.

—Tienes que contármelo todo sobre ese hombre como muy tarde esta noche —le ordenó el comisario—. Así que te conviene ir tirando.

Sin abrir la boca, también Fazio se marchó.

La información que el inspector le presentó a Montalbano era de lo más corriente. Con la excepción de dos datos, uno público y el otro privado. El primero era que uno de los clientes del abogado, Totuccio Gallinaro, mafioso de la familia Sinagra, había sido condenado a treinta años y había culpado de la sentencia a Manganaro, que, en su opinión, estaba conchabado con la acusación. Y había jurado públicamente que se lo haría pagar.

El segundo era que Manganaro, después de haber convivido tres años con la hermana de un colega, hacía un mes, y sin dar ningún tipo de explicación, la había echado de casa, lo que había provocado una especie de brecha en el gremio de los abogados montelusanos.

—¿Tus amigos te han dicho si la amenaza de Gallinaro era cosa seria?

—Sí, jefe. Es seria.

—Pero ¿tú crees que los Sinagra estarían dispuestos a ayudar a Gallinaro? Yo creo que no.

—Yo también. Sin embargo, no pueden impedir que cualquier cabeza loca, un amigo de Gallinaro, haga una gilipollez.

—¿No podría ser que Manganaro fuera al hotel porque tenía una cita con alguno de los Sinagra? Y quizá aprovechase la presencia del mediador Custonaci para asegurarse de neutralizar la amenaza de Gallinaro.

—Es posible, sí. Claro que siempre queda la pregunta: ¿para qué prender fuego al hotel?

En ese preciso instante, una idea apenas esbozada empezó a dar vueltas por la cabeza del comisario.

—¿Y si nos estamos equivocando de medio a medio?

—¿En qué sentido? —preguntó Fazio, sorprendido.

—En el modo de llevar el caso.

—Explíquese mejor.

—Más que investigar quién estaba en el hotel, quizá sería mejor saber quién no estaba.

Fazio lo miró estupefacto.

—*Dottore*, con la excepción de siete personas, incluido el propietario, todo el resto del mundo estaba fuera. ¿Qué quiere que hagamos?

—Lo que yo digo no es eso. Planteo la hipótesis de que Ciulla nos haya contado de la misa la mitad.

—Ya no entiendo nada.

—Trata de seguirme. Ciulla le dice a Custonaci que la habitación número dos está ocupada, ¿de acuerdo?

—De acuerdo.

—En cambio, a nosotros nos ha dicho que estaba libre, ¿de acuerdo?

—De acuerdo.

—¿Y si nos hubiera dicho la verdad a los dos?

—¡No puede ser! ¡O estaba libre o estaba ocupada! ¡No hay tu tía!

—¡Te equivocas! En el momento en que se lo pregunta Custonaci, la habitación está reservada, pero el cliente aún no ha llegado; cuando se lo preguntamos nosotros, en cambio, está libre, porque el cliente se ha marchado.

—Pero ¡si usía a ese cliente no lo vio salir!

—¿Tú sabes si la puerta de atrás, la que daba al aparcamiento, estaba siempre abierta o cerrada?

—Estaba siempre cerrada. Los clientes, para entrar, tenían que llamar al timbre.

—O sea, que es posible que, en cuanto se declaró el incendio, ese cliente misterioso saliera por la puerta de atrás, que, por otro lado, le quedaba más cerca que la principal.

—*Dottore*, su hipótesis no se sostiene.

—¿Por qué no?

—Porque la puerta de atrás, precisamente porque quedaba al lado del cuarto en llamas, estaba impracticable.

—Me da igual. Quiero seguir avanzando por ese camino.

—¿Y cómo?

—Llama a los seis clientes y que te digan, por este orden, qué día se registraron en el hotel, a qué hora volvieron la noche del siniestro y si hubo algo, por mínimo que fuera, que llegaran a ver u oír poco antes de que comenzase el incendio.

Unas dos horas después, Montalbano ya tenía las respuestas. Concienzudo, Fazio lo había anotado todo. El papel que dejó encima del escritorio decía:

1. *Ignazio Scuderi, mecánico.*
   Llegó dos días antes del incendio, volvió al hotel a las 22.30. No vio ni oyó nada raro.

2. *Filippo Nuara, comerciante de cereales.*
Llegó el día antes, volvió a las 22. No vio ni oyó nada.
3. *Saverio Custonaci, mediador.*
Llegó a las 9 de la mañana del mismo día y salió al cabo de media hora. Volvió a las 23 y se acostó enseguida. No oyó ni vio nada.
4. *Pasquale Sanvito, representante.*
Llegó tres días antes, volvió hacia las 22. No oyó ni vio nada.
5. *Ettore Manganaro, abogado.*
Llegó la misma noche de los hechos hacia las 23.30. Aunque en el momento del incendio estaba despierto y ni siquiera se había desnudado, no vio ni oyó nada.
6. *Guido Lopresti, aparejador.*
*Llegó el día antes, volvió al hotel hacia las 23.30.****

—¿Qué significan estos tres asteriscos? —preguntó Montalbano.

—Significan que el aparejador me ha dicho un montón de cosas que no eran fáciles de escribir.

—Dímelas de viva voz.

—Bueno, pues asegura que cuando volvió al hotel, a las once y media, quería pedirle a Ciulla que lo despertaran a las seis de la mañana, pero que tuvo que esperar sus buenos cinco minutos, puesto que el dueño estaba cuchicheando con el abogado Manganaro, al que Lopresti conocía de vista y que debía de haber llegado poco antes, porque aún llevaba el maletín en la mano. Luego, Manganaro se fue a su habitación y por fin, después de hablar con Ciulla, Lopresti también se retiró...

—No me parece a mí muy...

—Espere, que ahora viene lo bueno. La habitación del aparejador queda justo encima de la sala de estar de la habitación número dos. Lopresti acababa de desnudarse, así que faltaban unos diez minutos para las doce, cuando oyó que un coche entraba en el aparcamiento y al cabo de un momento sonaba el timbre de la puerta de atrás. No le cupo duda de que se trataba de un cliente. No había pasado ni un cuarto de hora cuando oyó que la ventana de la sala de estar de la dos se abría violentamente y casi de inmediato Ciulla gritaba: «¡Fuego!»

Montalbano se dio un manotazo en la frente.

—¡La ventana!

—¿Qué quiere decir?

—Que el cliente que ocupó la habitación número dos durante pocos minutos salió por la ventana. ¡Ahora lo tengo todo claro!

—Pues acláremelo también a mí.

—Luego. Antes quiero me que digas una cosa fundamental: qué relación hay, o ha habido, entre Ciulla y Manganaro. Tengo que saberlo como máximo dentro de una hora. ¡Andando!

Fazio batió un récord. Al cabo de una hora y cuarto estaba de vuelta.

Hacía veinte años, el hermano pequeño de Ciulla, Agostino, había sido acusado de haber participado en un robo a mano armada durante el cual había muerto una persona. Agostino siempre había dicho que era inocente, y el abogado Manganaro, que por entonces estaba empezando, había conseguido que lo absolvieran de todos los cargos, lo que le había granjeado la gratitud de Ciulla.

—¡Ve a buscarlo y tráemelo!

—¿A quién?

—A Ciulla.

El propietario del hotel estaba tranquilo y sereno, como de costumbre.

—Escúcheme bien —dijo Montalbano—, voy a contarle cómo pasó todo en mi opinión. El día del incendio por la mañana, recibe usted una llamada del abogado Manganaro, que tiene que reunirse con un fugitivo con las máximas precauciones. Así pues, reserva la habitación número dos para el fugitivo y otra, en el primer piso, para el abogado. A las once y media de la noche llega Manganaro con su coche y probablemente le avisa de que el fugitivo va a presentarse poco después, también en coche, y que llamará a la puerta de atrás. Todo sucede según lo previsto. Sin embargo, el abogado no llega a ver al fugitivo porque se declara el incendio. Usted se precipita hacia la habitación número dos y lo hace salir por la ventana de la sala de estar. El que provoca el incendio es alguien que no quiere que tenga lugar el encuentro. ¿Hasta aquí me sigue bien?

—Perfectamente.

—¿Comprende que puedo mandarlo a la cárcel por un par de acusaciones serias?

—Lo comprendo, pero ¿me permite que le cuente una historia que, discúlpeme, me gusta más que la suya? Un hotelero recibe la llamada de un abogado al que tiene un inmenso aprecio. Hace un mes, el abogado se ha enamorado como loco de una mujer que está separada, pero cuyo ex marido sigue teniendo muchísimos celos. Esa noche, por fin, los dos tienen la posibilidad de estar juntos por primera vez. Por eso el hotelero deja libre la habitación número dos. Llega el abogado, habla con el hotelero y se va a su cuarto. Al cabo de cinco minutos llaman a la puerta de atrás. El hotelero abre. Es la mujer. El hotelero cierra y la acompaña a su habitación. La señora está nerviosa, quiere una botella de agua y un vaso. El hotelero va a buscárselos. Al volver, ella le dice que no sale agua del grifo del lavabo. Mientras el hotelero se esfuerza por arreglarlo, la mujer entra en el baño y comenta que se nota un fuerte olor a quemado. El hotelero sale de la habitación y ve que el cuarto de la ropa blanca está ardiendo y que un extintor no serviría de nada. Entonces hace salir a la señora por la ventana y empieza a dar voces. ¿Qué le parece?

—Que su historia es mejor que la mía, tiene razón. Entonces, según usted, ¿el que provocó el incendio fue el ex marido de la señora en cuestión?

—También según el abogado, que de hecho fue a hablar con él. Dice que estaba desesperado. Siguió a su mujer y, cuando comprendió que iba a encontrarse con el abogado, perdió la cabeza. Llevaba un periódico en una bolsa de mano, le pegó fuego y lo tiró dentro del cuartito. Está dispuesto a pagar los daños, a lo que haga falta. Fue un momento de locura. Es un hombre de bien, no comprendió que podía provocar una desgracia, sólo quería impedir aquel encuentro. El abogado no va a denunciarlo y yo tampoco. ¿Qué podemos hacer, comisario?

Por primera vez en su vida, Montalbano no supo qué contestar.

Dos casos en paralelo

Uno

El aparejador Ernesto Guarraci, de algo más de cuarenta años, oficialmente asesor del ayuntamiento para el planeamiento urbanístico y de la provincia para las grandes obras territoriales, era en la práctica un holgazán sin las más mínimas ganas de hacer nada. O no del todo, porque había algo de lo que nunca se cansaba: de jugar al póquer de la mañana a la noche y viceversa, perdiendo casi siempre.

Puede que fuera un holgazán, pero vivía la mar de bien, porque, desde hacía diez años, estaba casado con Giovanna Bonocore, una mujer rica, gracias a la cual su billetera pasaba de la lágrima vespertina a la alegría matutina.

Un buen día, un miércoles, la señora Giovanna anunció a su marido que aquel sábado quería ir a ver a su hermana Lia, que vivía en Caltanissetta. El aparejador dijo que no podía llevarla en coche porque el sábado después de comer lo necesitaba para ir a Fiacca.

Ella le contestó que compraría un billete para el tren que salía de Vigàta a las seis de la mañana y que volvería por la tarde, a las ocho. Ernesto la acompañaría en coche a la estación a la ida e iría a recogerla a la vuelta.

Según declaró más tarde ante Montalbano, al ir a denunciar la desaparición, Guarraci había llevado a su mujer no hasta la puerta de la estación, adonde era complicado llegar debido a unas obras en la vía pública, sino hasta la entrada del paso subterráneo que empezaba en la via Lincoln. Luego había vuelto a su casa.

Hacia las nueve y media había recibido una llamada de su cuñada Lia, angustiada.

—Estoy en la estación desde las siete. ¿Cómo es que Giovanna no ha llegado todavía?

—Pero ¡¿qué dices?! ¡¿Cómo que no ha llegado?! ¡Si se ha ido seguro! ¡La he acompañado yo a la estación!

—Ernè, no me gastes bromas, que no estoy de humor. Pásame a Giovanna.

—¡Si te estoy diciendo que se ha ido!

El señor Guarraci no había perdido el tiempo y había ido corriendo a la estación. Detrás de la única ventanilla abierta estaba la señora Sferlazza, una mujer de unos cincuenta años que conocía bien a Giovanna y que juró y perjuró al aparejador que aquella mañana no había visto a su señora. Tenía muy claro que no le había vendido ningún billete.

Por consiguiente, la señora Giovanna había desaparecido en el paso subterráneo, que tenía dos salidas más, aparte de la que daba a la estación: una en la via Crocilla y la otra en la via Vespucci.

Era una obra pública sin la más remota utilidad, como tantas de las que se hacían en aquellos años, beneficiosa tan sólo para los políticos que la habían aprobado con el objetivo de embolsarse una buena comisión y para los contratistas que la habían ejecutado y habían sacado lo suyo escatimando en la calidad del material.

En la práctica, al cabo de unos meses, debido a las filtraciones y a la falta de mantenimiento, el paso subterráneo se había transformado en algo a medio camino entre un estanque y una letrina.

Era poquísima la gente que lo utilizaba.

Fazio le había contado a Montalbano que por Vigàta corría insistentemente el rumor de que se trataba de una desaparición voluntaria.

Al parecer, la señora Giovanna Bonocore, una hermosa mujer de cuarenta años muy apetecible, era desde hacía tres la amante de un médico, el *dottori* Curatolo, y, según decían, los dos habrían decidido irse a vivir juntos. Sin embargo, había un dato que debilitaba esa versión tan extendida: Curatolo no se había alejado de Vigàta ni siquiera un día.

Así pues, ¿cómo iban a vivir juntos si ella estaba por un lado y él por otro?

Para salir de dudas, Montalbano había convocado con discreción al médico, que era un individuo atractivo y distinguido, pero con los nervios tensos como las cuerdas de un violín.

—Doctor, le agradezco que haya aceptado mi invitación y que haya venido, porque entiendo lo difícil que tiene que resultarle hablar de algo tan delicado...

—No, soy yo quien le da las gracias. Así puedo aclarar las cosas de una vez por todas. Giovanna y yo éramos amantes, pero ninguno de los dos tenía intenciones serias de abandonar a su familia para irnos a vivir juntos a otro pueblo. Si no hubiera desaparecido, nuestra relación habría proseguido tranquilamente.

—¿Me está diciendo que no tiene nada que ver con la desaparición?

—Eso mismo. A mí también me pilló por sorpresa. Traté de explicárselo al señor Guarraci...

—¡¿Se han visto?!

—Sí, vino a mi consulta por iniciativa propia y sin avisarme. Y delante de los pacientes, que eran muchos, me montó una escena de padre y muy señor mío. Y así fue como todo Vigàta se enteró de nuestra relación.

—¿Sabe quién se lo contó al marido?

—Según él, recibió un anónimo, aunque en realidad Giovanna me había dicho que lo sabía desde hacía como mínimo un año, pero disimulaba. Por otro lado, según la propia Giovanna, él también tenía una amante, una tal Giuliana.

—No se ofenda por la pregunta que voy a hacerle...

—¡No se preocupe!

—¿No sería posible que, además de usted, la señora se viera con otro hombre?

—Yo me inclinaría por descartarlo.

—¿Y eso?

Y entonces el *dottori* Curatolo se ruborizó.

—En los últimos seis meses, nuestra relación había sufrido, cómo se lo diría, un cambio radical.

—Es decir...

Antes de contestar, el médico se aclaró la voz.

—Para Giovanna, lo nuestro se convirtió en algo serio. Digamos que... se enamoró de mí.

—¿Y usted de ella?

—No.

Seco como un escopetazo.

—Perdone, pero ¿hasta qué punto estaba enamorada?

—Había empezado a insinuar la posibilidad de dejar a su marido.

—¿Y usted cómo reaccionó?

—La disuadí. Tampoco tuve que esforzarme mucho, porque me daba la impresión de que no estaba demasiado decidida... Era más que nada la manifestación de un deseo irrealizable. Sí, eso es.

—¿Qué opina usted sobre esta desaparición?

—Descarto que se trate de amnesia, de un fallo de memoria...

—¿Y entonces?

—¿Guarraci no le ha contado por qué iba Giovanna a ver a su hermana Lia el sábado?

—No. Por lo visto, la visitaba con frecuencia.

—Es cierto. Pero ese día había un motivo especial. Giovanna me lo contó. Lia le había pedido una suma importante para su marido, cuya empresa está pasando dificultades.

—¿Sabe a cuánto ascendía esa suma?

—A unos veinte millones de liras.

El comisario se quedó parado. La cantidad no era ninguna tontería.

—¿La señora era propensa a satisfacer las...?

—Más que propensa. Eran gemelas y se querían con locura.

Montalbano cogió el coche y fue a ver a la señora Lia. Estaba presente también su marido, Gaspare Guarnotta. Entre lágrimas, la mujer le confirmó lo que le había dicho el médico. Y precisó que se trataba de dieciocho millones, que debían ser íntegramente en efectivo.

Montalbano no quiso dejarlo pasar.

—Perdonen, pero ¿no habría sido mejor hacer una transferencia bancaria o extender una serie de talones?

La señora Lia miró a su marido y no contestó. Él puso una cara entre confuso y ultrajado.

—Ya sabe cómo son estas cosas...

—No, no sé cómo son estas cosas.

—Estoy obligado a mantenerme alejado de los bancos locales. Todas mis cuentas están en números rojos y podría ser que retuvieran la suma en concepto de reembolso de la deuda.

—Entendido. Entonces, en el momento de salir de casa, ¿la señora Giovanna llevaba dieciocho millones en la bolsa de viaje que había cogido y que también ha desaparecido con ella?

—¡Qué va! —exclamó la señora Lia—. Creo que el viernes por la mañana había sacado sólo un millón, que

Gaspare iba a utilizar para una letra que vencía el lunes. Luego iba a darnos tres o cuatro más. El sábado tenía que venir a traer ese millón, a acordar el importe de las sumas sucesivas y a buscar un sistema para verse con mi marido sin que mi cuñado se enterase de nada.

—Entonces, el señor Guarraci no estaba al tanto del...

—No... Mi hermana no tenía por qué informarle de lo que hacía con su dinero. A veces discutían por ese motivo.

—¿Ella no se fiaba de su marido?

—No creo que se tratara de falta de confianza. Giovanna siempre ha sido así, incluso de pequeña. Sus cosas eran suyas y no quería que nadie se inmiscuyera.

El aparejador se quedó boquiabierto.

—¿Dieciocho millones a su hermana Lia? ¡A mí no me había dicho nada! Porque si me lo hubiera contado...

—¿Se lo habría impedido?

—¡Lo habría intentado! ¡Era dinero tirado a la basura! ¡Guarnotta es un fracasado nato!

—Pero ¿su mujer dónde tenía los talonarios, las cartillas, el dinero en efectivo?

—En una cajita fuerte empotrada, escondida detrás de un cuadro de la entrada.

—¿Usted tiene la llave o la combinación?

—Nunca las he tenido.

—¿Sabe si están localizables en su casa?

—No lo sé. La llave la llevaba mi mujer colgada del cuello con una cadenita.

Montalbano fue a ver la caja fuerte. Tenía doble cierre, con llave y con combinación. Con la autorización del fiscal, mandó a un hombre de la científica a abrirla.

Entre libretas, cuentas corrientes y bonos del Tesoro, la señora Giovanna poseía unos sesenta millones. El juez lo congeló todo.

Fazio, que se había empleado a fondo, había encontrado a un testigo, el barrendero Totò Faticato, que afirmó haber visto que el coche del aparejador Guarraci se detenía delante del paso subterráneo de la via Lincoln a las seis menos cuarto de aquella mañana. Del vehículo había bajado la señora Giovanna con una bolsa de viaje en bandolera y se había encaminado hacia la escalera. Al cabo de un instante, el coche había dado la vuelta para marcharse por donde había venido. Faticato recordó incluso que, al hacer esa maniobra, el aparejador había estado a punto de embestir a Tano Delicato, que acababa de terminar su turno de guardia jurado nocturno.

Seis días después, Delicato seguía enfadado:

—¡Por poco me mata, el muy gilipollas! Bajó del coche, pidió perdón, dijo que era el aparejador Guarraci y que se había quedado medio dormido.

El barrendero, que estuvo trabajando en las inmediaciones un cuarto de hora más, juró que no había visto a nadie salir por el acceso del paso subterráneo que daba a la via Vespucci. Del otro, el de la via Crocilla, no podía decir nada, porque no se veía desde donde él estaba. La via Crocilla era una calle corta, con diez casas a cada lado y dos fábricas al fondo. Estaba en el final del extrarradio de Vigàta, después ya empezaba el campo. Montalbano y Fazio interrogaron prácticamente a todos los vecinos de las veinte casas. Nadie había visto nada.

Sólo Annunziata Locascio, que vivía en la planta baja de la casa más cercana al paso subterráneo, había oído algo.

—Yo me levanto siempre hacia las cinco y veinte de la mañana. Ese día, al cabo de unos diez minutos, oí que llegaba un coche a toda velocidad y luego paraba en seco. Miré por la ventana. Bajaron dos hombres, que se metieron en el paso subterráneo.

—¿Vio si había un tercero que se quedara al volante?

—No, señor, estaban sólo esos dos.

—¿Recuerda qué coche era? Por casualidad no vería la matrícula...

—Yo de automóviles no entiendo nada y la matrícula no la vi. Era grande, de color verde botella, y estaba muy abollado. Del guardabarros de detrás únicamente quedaba la mitad.

—¿Y luego?

—Luego oí que se marchaba aún más deprisa de como había llegado. Podían ser las seis menos diez o menos cinco, pero, vamos, desde luego antes de las seis, que es cuando voy a despertar a mi marido con un café.

Y el caso quedó atascado en ese punto.

Dos

Por el contrario, el caso de una banda de ladrones especializada en desvalijar relojerías y joyerías había avanzado a buen ritmo y se había cerrado con éxito.

Montalbano se lo había encargado al subcomisario Mimì Augello, que sí, era mujeriego y poco entusiasta, pero cuando trabajaba con ganas demostraba lo buen policía que era. Después de tres meses de investigación, había conseguido detener a los ocho componentes de la banda y recuperar buena parte del botín.

El mismo día en que se cerró ese caso, un jueves, el jefe superior, Burlando, telefoneó al comisario.

—¿Podría venir a verme mañana por la tarde, hacia las siete y media, junto con el subcomisario Augello? Quiero felicitarlo.

A las siete del día siguiente, Montalbano salió hacia Montelusa con Augello sentado a su lado.

Había hecho mucho calor los días anteriores y seguía haciéndolo. La gente ya se había ido de fin de semana y la carretera estaba casi desierta.

En un momento dado, mientras iban charlando, los adelantó una motocicleta con dos individuos que no iba a mucha velocidad. En cuanto la moto estuvo delante del coche, frenó, hizo un giro de ciento ochenta grados y volvió por donde había venido.

—¿Tú has visto a esos cabrones? —preguntó Montalbano.

Poco después, la motocicleta volvió a colocarse a su lado y a adelantarlos, y luego redujo la velocidad.

El que iba sentado detrás se volvió.

Más que verlo, Montalbano intuyó que llevaba una pistola en la mano.

—¡Cuidado, Salvo! —gritó Augello.

El individuo disparó en ese preciso instante. Cuatro tiros. Mientras estallaba el parabrisas, Montalbano dio un volantazo, se salieron de la calzada y medio coche quedó metido en la cuneta.

Sentía un gran dolor en el pecho, pero no se veía ninguna herida. Mientras tanto, la moto se había dado a la fuga. Miró a Mimì y se asustó. Tenía la cara cubierta de sangre y estaba o muerto o desmayado. Luego vio que tenía un corte en la frente y se tranquilizó.

El primero en prestarles auxilio fue un guardia municipal de Vigàta que pasaba en su coche.

Al cabo de diez minutos llegaron dos ambulancias. Mientras tanto, Augello había vuelto en sí. Los llevaron al hospital de Montelusa y los pusieron juntos en una habitación con dos camas.

Según los médicos, Montalbano tenía dos costillas fisuradas por el impacto contra el volante y Augello, un corte ancho pero no muy profundo, provocado por una esquirla del cristal del parabrisas. Habían salido bien parados.

El primero en llegar fue el jefe superior. Estaba nervioso y conmovido. Los abrazó a los dos y les dijo que había encargado la investigación del atentado al *dottori* Cusimato, el jefe de la brigada móvil.

Luego llegó Pasquano.

—¡Cuánto me habría gustado hacerle la autopsia!

A continuación se presentó la comisaría de Vigàta en pleno, con Fazio a la cabeza.

Mientras, daban la noticia del atentado en los informativos. Montalbano llamó a Livia para tranquilizarla, pero ella dijo que estaría allí al día siguiente.

Pasaron la noche en el hospital. Por la mañana los médicos los visitaron y les dijeron que podían irse a casa. Fue a buscarlos Gallo en un coche patrulla. Augello llevaba un vendaje que parecía un turbante de gran visir. Gallo acompañó a Montalbano a Marinella, donde se encontró a Adelina hecha un mar de lágrimas.

—¡Virgen santa, qué susto me he llevado!

Sacó una butaca al porche, lo hizo sentar, puso la mesa y le sirvió la comida.

A las cuatro llegó Livia. Adelina, que no la soportaba, se despidió y se marchó. A las cinco y media apareció Fazio, a las seis telefoneó Cusimato para preguntar si podía pasarse. Al cabo de una media hora llamó a la puerta. El comisario le dijo a Fazio que se quedara.

Cusimato era un hombre inteligente, tan inteligente que, en lugar de hacer preguntas, le dijo a Montalbano:

—Habla tú.

—Todos los periodistas están convencidos de que el que me disparó fue un sicario de la mafia.

—¿No estás de acuerdo?

—No. Y por una razón muy sencilla. Si hubiera sido cosa de la mafia, ahora no estaría aquí hablando contigo. A estas horas te habrías puesto a organizar mi entierro.

—Pero hay otra cosa: te siguieron desde que saliste de comisaría...

—¡Qué va! ¡No me siguió nadie! Ni siquiera se trataba de algo premeditado.

—¿Por qué lo dices?

—Los de la moto no nos seguían, iban a lo suyo. Al adelantarme, me reconocieron. Como querían asegurarse de que era yo, hicieron un giro de ciento ochenta grados para verme mejor. Se quedaron convencidos de que se trataba de mí y entonces volvieron a adelantarme para disparar. Fue un encuentro casual, estoy más que convencido. Dime una cosa: ¿has visto mi coche?

—Sí, claro.

—¿Dónde dieron los disparos?

—Uno agujereó el guardabarros por la izquierda, otro el radiador y el tercero dio en el parabrisas justo en el centro.

—¿Y el cuarto?

—¿Hubo un cuarto disparo?

—Sí, y ni siquiera alcanzó el coche. No puede decirse que tuviera buena puntería.

—¿Pudiste verle la cara?

—Llevaba casco. ¿Y tú qué me dices?

—¿Qué quieres que te diga? Ahora voy a ver a Augello. A lo mejor se acuerda del número de la matrícula.

—¿Mimì? ¡Sí, hombre!

—Oye, ¿qué te parece si monto un servicio de vigilancia para el período en que estés sin...?

—¿Estás de broma? —lo interrumpió el comisario.

—*Dottore*, dígame qué tengo que hacer —dijo Fazio en cuanto se fue Cusimato.

—No tengo la más remota idea —contestó Montalbano.

—¿Cuándo piensa volver a comisaría?

—Los médicos me han dicho que no haga nada durante al menos una semana, pero me subiría por las paredes. Creo que voy a portarme bien hasta mañana. Ya te llamaré y me mandas un coche.

Aquella noche no pudo ni siquiera hacer el amor, a pesar de que tenía muchas ganas.

• • •

A las diez de la mañana siguiente recibió una llamada telefónica del abogado Guttadauro, conocido consejero de una de las dos familias mafiosas de Vigàta.

Utilizó la primera persona del plural para dejar claro que hablaba en nombre de terceros.

—*Dottore* Montalbano, no puede ni imaginarse nuestra alegría al enterarnos de que, por suerte, ese vil atentado no ha tenido...

Al cabo de una hora llamó el abogado Piscopo, consejero de la otra familia. También recurrió al plural.

—*Dottore*, nos hace muy felices saber que ha salido de ésta sólo con lesiones leves y queríamos hacerle llegar...

Era la confirmación de lo que él ya pensaba. La mafia procuraba comunicarle que no tenía nada que ver con el intento de asesinato.

Pasó el resto del día en el sofá. Livia, que había pedido el almuerzo a Calogero, fue a buscarlo en taxi. Al comisario, esa comida le sentó mejor que cualquier cura.

A la mañana siguiente hizo que le mandaran un coche. Llegó Gallo y lo llevó a la comisaría.

Catarella, hecho un mar de lágrimas, se abalanzó a abrirle la puerta del coche, lo ayudó a bajar y lo acompañó a su despacho como si fuera un inválido. Luego llegó Fazio.

—¿Y Augello?

—Le dolía mucho la cabeza y el médico le ha mandado una semana de reposo.

¡Cómo no, Mimì iba a aprovechar la oportunidad a base de bien!

—Fazio, ayer, como no tenía nada que hacer, pensé largo y tendido en la desaparición de la señora Guarraci.

La pregunta es la siguiente: ¿cuánta gente sabía que iba a coger el tren aquel sábado a las seis?

—*Dottore*, ya me lo mencionó en su momento, así que hice un par de preguntas. Lo sabían seguro dos personas: su marido y la asistenta, que se llama Trisina Brucato.

—¿Hablaste con esa Trisina?

—Sí, claro. Y me contó que la señora llevaba un millón en efectivo en la bolsa de viaje.

—¿Y no podría ser que...?

—A mí me dio la impresión de que es una mujer honrada.

Era difícil que Fazio se equivocara al juzgar a alguien.

—Entonces sólo nos queda el marido, el aparejador. ¿Sabes algo de esa amante que tiene?

—Se llama Giuliana Loschiavo, tiene veinte años y está para mojar pan. Parece que está volviendo loco al aparejador.

—¿Y eso por qué?

—Porque la tal Giuliana se ve con otro.

—¿Sabes quién es?

—Sí, señor: Stefano di Giovanni, el mayor comerciante de pescado. También está casado. La chica se reparte equitativamente entre los dos, pero el aparejador querría la exclusividad.

—Y seguramente está dispuesta a quedarse con el mejor postor. ¿Te encargas de que venga esta tarde a las cuatro?

Livia fue a buscarlo con un coche que había alquilado y lo llevó a la *trattoria* de Calogero.

Después volvió a dejarlo en la comisaría. Giuliana Loschiavo se presentó a las cuatro en punto. Fazio la acompañó al despacho de Montalbano y se sentó después de que ella se acomodara delante de la mesa.

Era un estupendo ejemplar del sexo femenino y no parecía en absoluto impresionada por estar en presencia del comisario. De hecho, fue ella la que habló primero:

—Ya sé por qué quería hablar conmigo.

—Veamos si lo ha adivinado.

—Como la mujer de Guarraci ha desaparecido, quiere informarse de mi historia con él. ¿Es eso?

—Es eso.

—Pues mire, comisario, hace dos meses que no nos vemos. Fui yo quien lo dejó.

—¿Por qué?

—Porque me había prometido que se separaría de su mujer y nos iríamos a vivir juntos, pero no lo hizo.

Montalbano no se resistió a soltar una maldad:

—En ese caso, habrá dejado también al señor Di Giovanni.

La muchacha se rió con ganas.

—A Stefano no lo he dejado.

—¿Se ha separado?

—No, pero nunca me ha prometido que fuera a hacerlo.

El razonamiento era impecable.

—Después de la desaparición de su mujer, ¿Guarraci ha tratado de ponerse en contacto con usted?

—Aún no, aunque estoy segura de que tarde o temprano lo hará.

Cuando volvió de acompañar a la muchacha, Fazio se encontró a Montalbano pensativo.

—¿Qué le ha parecido?

—Tú también lo has visto, ¿no? Sin darse cuenta, esta Giuliana nos ha contado que el aparejador tenía un buen móvil para librarse de su señora. Pero lo que la chica no sabe es que Guarraci no tiene ni una lira: si dejara a su mujer, se quedaría con una mano delante y otra detrás. Así que es probable que fuera él quien tramara la desaparición. De ese modo tendría acceso a la herencia.

—Puede que tenga razón.

—Me hago una pregunta: ¿qué motivo tenía para decir su nombre y apellido cuando estuvo a punto de embestir al guardia jurado nocturno? Y la respuesta es: el único motivo es que quería un testigo que pudiera asegurar que volvía a su casa después de dejar a su mujer delante del paso subterráneo y que, por lo tanto, no está metido en la desaparición.

—Es decir, que trabajó con cómplices.

—Que son los dos que llegaron con ese coche grande a la via Crocilla. Escucha, a partir de este momento, al aparejador no hay que perderlo de vista ni de noche ni de día.

Tres

Por la noche, cuando lo llevaron a Marinella, Montalbano se encontró a Livia en el porche, con un libro en la mano.

—¿Qué lees?

—Una novela de Sciascia, *A cada uno lo suyo*. Es de hace ya unos años. Me quedan pocas páginas.

Él no la había leído.

—Cuando la acabes, pásamela.

Cusimato dio señales de vida justo cuando estaban saliendo para ir a cenar.

—Una noticia de ultimísima hora. La moto desde la que te dispararon embistió a un viejo campesino cuatro kilómetros más allá sin hacerle demasiado daño. Lo bueno es que ese hombre le dio la matrícula a un carabinero, creía recordarla bien. Me he enterado hace nada, gracias a un capitán que es amigo mío. Pero resulta que la matrícula no existe.

—Bueno, no me parece un gran avance.

—Espera. Le he encargado a un experto que hiciera un jueguecito combinatorio y comprobara cada vez si la composición que salía correspondía a alguna matrícula real.

Montalbano no entendió nada.

—O sea, que hará falta algo de tiempo —concluyó Cusimato.

—Estupendo.

—Quiero decirle algo —anunció Fazio al día siguiente, entrando en el despacho del comisario en cuanto lo vio llegar.

—Pues dímelo.

—Había algo que no me cuadraba y ayer por la noche lo confirmé. Si hace ya más de veinte días que desapareció la señora Giovanna, ¿cómo es posible que Guarraci siga jugando y perdiendo esas cantidades?

—Explícate mejor.

—*Dottore*, es sabido en todo el pueblo que los lunes por la mañana la señora Giovanna le llenaba la cartera a su marido y le daba lo que necesitaba para la semana. ¡Y ya han pasado más de tres semanas! Y yo me pregunto: ¿quién le da ese dinero? ¿De dónde lo saca?

—¡Muy bien, Fazio! —exclamó Montalbano, mientras una idea iba tomando forma en su cabeza—. ¿En qué banco tiene el dinero la señora?

—En el Banco Popular de Montelusa.

Conocía al director. Por probar no perdía nada. Y, aunque se encontrara con una negativa cortés, de un modo u otro conseguiría saber lo que quería.

—Voy y vuelvo —dijo.

Al principio, el director se mostró reacio, pero el comisario no quería perder tiempo.

—¿Ha recibido una comunicación del fiscal según la cual todos los bienes de la señora han quedado congelados?

—Sí, y no entiendo el porqué de esa...

—Muy sencillo. El fiscal ha tomado esa decisión preventiva por si la desaparición acaba siendo un secuestro destinado a conseguir un rescate. Ha elegido la línea dura.

—Comprendo.

—Por eso su banco está obligado a enviar a la fiscalía el balance mensual. Le tocará dentro de pocos días. Y yo tendré acceso a él. Lo único que le pido es la oportunidad de echarle una ojeada con antelación, para ahorrarme un tiempo precioso.

El director accedió.

Resultó que, la última vez, la señora Giovanna había retirado la jugosa suma de cinco millones de liras.

—¿Era habitual?

—La verdad es que no. La señora tenía por costumbre retirar cada quince días trescientas o cuatrocientas mil liras, aunque a veces la cifra era más elevada, pero nunca tanto como esa última vez.

—Sacó cinco millones para ahorrarse una segunda visita al banco poco después. Cuatro millones los dejó en la caja fuerte, convencida de que su marido no conocía el escondite de la segunda llave, la de repuesto. En realidad, Guarraci lo conocía perfectamente y, como sabía que su mujer no iba a volver, abrió la caja y arrambló con el dinero. De hecho, nosotros allí dentro no hemos encontrado ni una sola lira en efectivo.

—Ese dinero le serviría en parte para pagar a sus cómplices.

—No creo. Yo diría que a los cómplices les pagó diciéndoles que se quedaran el millón que encontrarían en la bolsa de viaje.

—Si pudiéramos demostrar que está en posesión de esa llave...

—No, seguro que ya no la tiene. La habrá tirado a la basura. ¿De qué iba a servirle conservar una prueba en su contra si dentro de la caja fuerte ya no quedaba nada?

—Es verdad. ¿Y entonces?

—Paciencia. Ahora, si las cosas son como yo creo, viene la segunda parte de la función.

—¿Es decir?

—Es decir que Guarraci no puede perder demasiado tiempo. Necesita dinero y tiene que heredar cuanto antes. La segunda parte, que empezará dentro de nada, consiste en el descubrimiento del cadáver de la señora Giovanna, asesinada para robarle. Y ahí espero que su marido dé un paso en falso.

Aquella tarde, a las ocho, mientras esperaba a que Livia se vistiera, Montalbano encendió el televisor. En Televigàta, el periodista Ragonese estaba entrevistando al aparejador Guarraci.

«—... no puedo sino protestar por la extrema lentitud de la investigación. Por otro lado, la congelación de los bienes me pone en gravísimas dificultades.

»—Es posible que, después del atentado que ha sufrido, el comisario Montalbano piense más en sus asuntos que en los de los ciudadanos.

»—Si así fuera, el jefe superior haría bien en asignarle el caso a otra persona. En resumen, no me parece serio que después de más de veinte días no me hayan dicho nada, nadie se haya dignado tenerme al corriente, y me...»

—Estoy lista —anunció Livia.

Montalbano apagó y salieron a cenar. Al volver, algo tarde porque habían ido a un restaurante de Fiacca, el comisario se puso a leer la novela de Sciascia e incluso se la llevó a la cama, pero tuvo que dejarla porque Livia se quejó de que con la luz encendida no podía dormir.

El teléfono sonó a las siete de la mañana. Livia soltó un taco y Montalbano fue a contestar entre maldiciones.

—Jefe, soy Fazio. Nos han avisado de que han encontrado un cadáver. Yo voy para allá y mando a Gallo a buscarlo.

Se lavó, se vistió, se bebió medio litro de café y fue a darle un beso a Livia. Llegó Gallo y se marcharon.

—¿Adónde vamos?

—Al campo, *dottore*.

Una vez en Vigàta, Gallo cogió la via Lincoln, pasó por delante de la estación, se metió en la via Crocilla, la recorrió hasta el final, giró por uno de los tres caminos en pendiente y sin asfaltar que desde la colina de la parte alta de Vigàta llevaban al campo y, al cabo de un kilómetro, Montalbano vio un coche patrulla y al lado el de Fazio. También había una furgoneta con una nevera en la baca.

Era una zona completamente abandonada, donde sólo había un enorme vertedero.

Gallo se detuvo, el comisario bajó y Fazio fue hacia él.

—Es la señora Guarraci, ¿verdad?

—¿Cómo lo ha adivinado?

—¿Y tú? ¿Cómo la has identificado?

—Han sido muy amables y, con el cadáver, nos han dejado la bolsa de viaje con el carnet de identidad.

—¿Has llamado al circo ambulante?

—Sí, señor.

—¿Quién ha descubierto a la muerta?

—Ahora lo hago venir. —Se llevó las manos a la boca y gritó—: ¡Señor Danzuso!

Se abrió la puerta de la furgoneta y bajó un muchacho de treinta y tantos años, delgado y alto, de casi dos metros, que enseguida protestó:

—¡Tengo que irme a trabajar! ¡No puedo perder la mañana aquí!

—¿Le has tomado los datos? —le preguntó el comisario a Fazio, que asintió. Y dirigiéndose al otro añadió—: ¿Qué hacía aquí?

—Mi amigo Parrinello y yo hemos venido con dos furgonetas, yo para deshacerme de una nevera y él de una lavadora. Lo he ayudado y, al tirar la lavadora, hemos visto el cadáver. Entonces Parrinello se ha marchado para llamarlos a ustedes por teléfono, mientras que yo, que soy el más gilipollas de los dos, me he quedado aquí a esperar y sin haber podido tirar la nevera. ¿Y ahora qué hago con ella?

—Se la lleva a su casita —contestó Montalbano.

Danzuso lo miró atónito y luego, sin despedirse siquiera, dio media vuelta, corrió hacia la furgoneta, subió, arrancó y se largó.

—Vamos a ver —dijo el comisario.

El cadáver estaba tumbado y en buen estado. En un lugar relativamente despejado de desechos. Al lado se encontraba la bolsa de viaje.

—No se han preocupado de esconderla, sino que la han dejado de forma que se viera bien —observó el comisario.

Alrededor del cuello de la muerta había una señal azulada.

—La estrangularon. Han tenido el cadáver escondido y esta noche lo han traído hasta aquí. Si no, los perros o los ratones habrían dado ya buena cuenta de él. Y, aparte de los signos de descomposición, el cuerpo no presenta daños.

En ese momento llegó el *dottor* Pasquano. De un humor de mil demonios, masculló un saludo y se agachó al lado de la muerta. La miró largo y tendido y luego se levantó.

—Yo me voy —dijo, echando a andar.

Montalbano lo siguió.

—La han estrangulado, ¿verdad?

—Eso parece.

—¿Cuánto tiempo cree que lleva muerta?

—Como mínimo unos veinte días.

Al cabo de un rato, Montalbano decidió marcharse también.

—Nos vemos en comisaría.

Por el camino, Gallo consiguió esquivar por los pelos un coche que iba a toda pastilla en sentido contrario.

—Son de Televigàta —dijo.

El comisario pensó que Danzuso había aprovechado bien la mañana: seguro que había avisado él a los periodistas, pondría la mano en el fuego.

Fazio volvió cuando Montalbano se levantaba para ir a reunirse con Livia en el aparcamiento.

—¿Cómo has tardado tanto?

—Justo cuando habíamos acabado ha llegado Guarraci, jefe. Ha reconocido a su mujer y se ha desmayado. Luego se ha largado diciendo que iba a suicidarse. Total, que hemos dedicado una hora larga a tranquilizarlo.

—¿Quién lo ha avisado?

—Los periodistas de Televigàta: lo han llamado diciendo que iban a ver un cadáver de mujer que se había encontrado y por eso se...

—Bueno, bueno. ¿Y la científica qué dice?

—Han confirmado que el cadáver no llevaba más de una noche en el vertedero.

—Para mí que a la pobre mujer la secuestraron en el paso subterráneo, la obligaron a subir al coche que estaba parado delante de la salida de la via Crocilla, se la llevaron al campo y la mataron enseguida. El cadáver lo han sacado para que lo encontráramos cuando a Guarraci le ha parecido que era el momento.

—El problema sigue siendo el mismo, jefe, no tenemos ninguna prueba.

Sonó el teléfono. Era Catarella.

—*Dottori*, hay un señor que quiere hablar en la línea con usía personalmente en persona.

—¿Cómo se llama?

—*Dottori*, no lo ha dicho. Sólo ha dicho que está muy delicado de salud y que no puede venir a comisaría.

Montalbano decidió abreviar, pidió que se lo pasara y puso el altavoz.

—Soy Tano Delicato.

¿Y aquél quién era? Miró a Fazio, que apuntó:

—El guardia jurado nocturno que estuvo a punto de que lo...

—Dígame —dijo el comisario.

—Tengo mucha fiebre y no puedo levantarme de la cama, pero si pudiera venir usía... Quiero contarle una cosa importante que tiene que ver con ese hijo de puta del aparejador Guarraci.

Montalbano le dijo a Livia que fuera a la *trattoria* de Calogero y luego, con Fazio, se dirigió a toda prisa a casa de Tano Delicato.

Cuatro

—Esta noche, hacia las dos, he empezado a encontrarme mal y a vomitar. Notaba que me subía la fiebre. Quizá por algo que había comido. Entonces he llamado a mi hijo y le he dicho que viniera a la fábrica a sustituirme. Ha llegado al cabo de media hora y yo he salido para volver aquí, a mi casa. No había dado ni tres pasos cuando ha aparecido un coche a toda pastilla, que he esquivado por un pelo. Luego he visto la matrícula. Era el de Guarraci. He sentido que me hervía la sangre: ¿me la tiene jurada o qué? Me he puesto a seguirlo y lo he visto coger el primer camino a mano izquierda de los que llevan al campo. Como la noche era oscura, los faros se veían a distancia. El coche se ha parado y ha apagado los faros al cabo de un kilómetro, a la altura de la casa de los hermanos Sgarlato. Yo quería esperar a que volviera para partirle la cara, pero ya no me tenía en pie. Y ahora, en cuanto he visto en la tele que han encontrado el cadáver de su señora, he pensado que lo mejor era avisarlos.

—Y ha hecho muy bien —contestó el comisario—. ¿Está dispuesto a repetir lo que ha dicho en un tribunal?

—¡Por supuesto! ¡Y encantado de la vida!

Salieron de casa de Delicato.

—Vamos a echar un vistazo —dijo Montalbano.

Subieron al coche y se dirigieron a la via Crocilla.

—¿Tú sabes algo de esos Sgarlato?

—Sí, jefe. No son dos hombres, sino dos animales. Con ellos vive una hermana que es amante de los dos. Los han detenido y condenado varias veces por robos y trifulcas. Delincuentes violentos. Tiene un huerto, gallinas, conejos... Van tirando.

Al final de la via Crocilla, se detuvieron al principio de los tres caminos que llevaban al campo. Delicato estaba en lo cierto: de noche, los faros de un coche se verían desde lejos.

—Desde aquí la casa de los Sgarlato se distingue bien —observó Fazio—. Es la primera que hay yendo por ese camino.

—¿Vamos? —propuso Montalbano.

—Como quiera usía —contestó el inspector, resignado.

—¿Llevamos dos pares de esposas?

—Pero ¿qué quiere hacer?

—No lo sé. No hay que perder tiempo. ¿Tienes una pistola para mí?

—No, jefe. Puedo darle la mía.

—Dámela.

Tardaron menos de cinco minutos en llegar. La casa de los Sgarlato no era una casa, sino una choza repugnante, tan mal conservada que se caía a pedazos. Estaba rodeada por alambre de espino y la cancela estaba hecha con ramas. Al lado del chamizo, con la parte posterior hacia el camino, había un gran coche verde botella con la carrocería muy maltrecha. Del guardabarros izquierdo sólo quedaba la mitad. Se correspondía en todo con la descripción hecha por la testigo que lo había visto llegar a toda velocidad a la via Crocilla.

Montalbano y Fazio se miraron. Estaban ya casi seguros de que los secuestradores y asesinos de la señora Giovanna eran los Sgarlato.

El comisario tocó el claxon. Por la puerta apareció un oso al que la transformación en ser humano no le había salido bien. Era un montón de barba, pelo y vello.

—¿Tienen huevos frescos? —preguntó Montalbano, bajando del coche.

—Sí, señor.

—Deme media docena.

El hombre entró en la casa. Fazio también bajó del coche.

—Prepara las esposas —le dijo el comisario—. Y luego lo amordazas y lo encierras en el coche.

Sgarlato volvió con los huevos envueltos en una hoja de papel de periódico y se los ofreció. Montalbano los cogió. El otro estaba a punto de abrir la boca para decir cuánto costaban cuando el comisario, con una sonrisa, se los estampó en la cara con todas sus fuerzas. Y en cuestión de segundos le clavó la pistola en el vientre.

—No respires o eres hombre muerto.

Fazio le puso las esposas. Montalbano saltó la cancela, que era baja, corrió hacia la casa y, en cuanto estuvo dentro, disparó un tiro al aire.

Había un hombre y una mujer sentados a una mesita. Estaban comiendo y se quedaron paralizados. Él era el gemelo del oso; ella tendría unos cuarenta años, era gorda, peluda y bigotuda. A un lado de la habitación había una escalera de madera que llevaba al altillo.

—¡Quietos los dos y no digáis ni mu!

Al poco llegó Fazio, que acababa de encerrar al oso en el coche. Y esposó también al otro hermano.

—Voy a hablaros muy clarito —empezó Montalbano—. Si me dais el millón que sacasteis de la bolsa de la señora a la que os encargaron matar, os dejamos sin haceros ningún daño. En cambio, si no me lo dais, os liquido a los dos, porque vuestro hermano ya está muerto.

Ninguno de ellos abrió la boca.

—Lo siento, pero no tengo tiempo que perder —añadió el comisario.

Con un movimiento de la pistola le indicó a la mujer que se levantara. Ella obedeció.

—Sube.

La señora empezó a subir la escalera y Montalbano la siguió. Fueron a parar al dormitorio, donde había tres colchones tirados en el suelo, uno al lado del otro, y tres almohadas. El hedor era insoportable; una madriguera de bestias salvajes habría resultado menos repugnante. Prendas tiradas de cualquier manera, ropa interior sucia por todas partes. Montalbano se agachó, cogió unas bragas y se las metió en la boca a la mujer a la fuerza. Luego le ató manos y pies sirviéndose de todo lo que tenía disponible. No quedó satisfecho hasta que se convenció de que no habría forma de que se moviera. Entonces hundió la boca de la pistola en una almohada y disparó. A continuación bajó la escalera.

—Sólo quedas tú —le dijo al gemelo del oso—. ¿Qué quieres que hagamos?

A pesar de la barba, se veía que el hombre estaba blanco como el papel del miedo que tenía.

«Vamos a asustarlo un poco más», se dijo el comisario, y disparó un tiro que pasó por encima de la cabeza de Sgarlato, que cayó de rodillas.

—¡Basta! ¡El dinero está enterrado en el huerto, dentro de una caja de hojalata!

—Vamos a por él —ordenó Montalbano. Luego se acercó a Fazio y le susurró—: Tú vete corriendo hasta el teléfono más cercano y pide que manden coches y agentes.

Tres horas después, tras la confesión de los hermanos Sgarlato, detuvieron al aparejador Guarraci. El jefe superior Burlando le cubrió las espaldas a Montalbano y dijo que había sido él quien lo había autorizado a irrumpir en casa de los asesinos. Por su parte, Livia le montó una buena cuando se presentó en Marinella a las siete de la tarde.

—¡Me has dejado tirada durante seis horas sin una triste llamada de teléfono!

Luego se calmaron las aguas y fueron a cenar. El comisario se resarció del almuerzo que había tenido que saltarse y, cuando volvieron, salieron un rato al porche y luego se acostaron. Cuando Livia se durmió, él se levantó con cuidado y volvió afuera para acabarse la novela de Sciascia.

Terminó a las tres de la madrugada, pero se quedó en vela una horita más, dándole vueltas. Se le había despertado una sospecha y durmió muy mal. A las ocho y media de la mañana siguiente ya estaba en su despacho.

—Fazio, ¿sabes dónde está Augello?

—Sí, jefe. Dejó el teléfono de un hotel de Taormina.

¡Cómo se cuidaba el señorito!

—Llámalo y me lo pasas.

Augello contestó con voz de sueño.

—Mimì, tienes que estar aquí hoy por la tarde a las cuatro.

—Pero ¡si estoy de baja por enfermedad!

—Me importa una puta mierda. Se acabaron las vacaciones.

Y colgó. Fazio lo miró sorprendido.

—A las cuatro tú también tienes que estar presente.

Aquella misma mañana le devolvieron el coche como nuevo. Como las costillas apenas le dolían, pudo conducir.

A las cuatro en punto, Augello entró en el despacho del comisario, donde ya estaba Fazio.

Estaba moreno y muy nervioso. Saludó entre dientes sin dirigirse a nadie en particular y se sentó.

—Me gustaría saber por qué razón te ha parecido buena idea darme por culo y...

Montalbano lo interrumpió.

—La razón es que he leído una novela.

—¿Y para decirme esa gilipollez me has hecho volver a toda prisa? —exclamó el subcomisario, presa de la rabia—. ¡Tú eres carne de manicomio!

—Mimì, te lo digo por tu propio interés: tranquilízate y escúchame con la máxima atención. En esa novela, un farmacéutico recibe un anónimo amenazándolo de muerte y se entera el pueblo entero. Al no tener enemigos, el farmacéutico se convence de que se trata de una broma. Como tantas otras veces, se va de caza con su amigo inseparable, el doctor Roscio, y se los cargan a los dos. A Roscio, sin duda, porque al estar presente se convierte en un testigo peligroso. Luego, en un momento dado, alguien descubre que tanto el anónimo como el propio homicidio del farmacéutico tenían como objetivo despistar, ya que la auténtica víctima era el doctor Roscio. ¿Te ha gustado la novela?

—Sí —contestó Augello, escueto.

Sin embargo, Fazio notó que algo había cambiado en su actitud.

—¿Ya no estás enfadado porque te haya hecho venir desde Taormina para contártelo?

—No tanto.

—En ese caso, Mimì, ¿te acuerdas de cuando nos dispararon? Todo el mundo creyó que habían tratado de asesinarme a mí, cuando en realidad las cosas eran distintas. ¿Tú cuándo lo comprendiste?

—Tardé un poco.

—¿Cuánto exactamente?

Augello no contestó. En ese momento Fazio se levantó.

—Jefe, perdone, pero yo tengo un compromiso importante.

—Muy bien. Vete, vete.

Qué listo era Fazio, había comprendido que a Augello le costaba hablar delante de él.

—Lo supe con certeza el día que volví a casa del hospital —dijo el subcomisario cuando se quedaron los dos solos.

—¿Qué te dio esa certeza?

—El hombre que me había disparado.

—¡¿Fue a verte?! —exclamó Montalbano.

—No. Me llamó por teléfono. Lloraba.

El comisario estaba cada vez más estupefacto.

—¿Y por qué lloraba?

—Porque se había arrepentido de lo que había hecho y por la alegría de no haber herido de gravedad ni matado a nadie con sus disparos.

—Perdona un momento —pidió Montalbano.

Se levantó, salió y fue al baño. Estaba a punto de estallar como una bestia feroz, de liarse a bofetadas con Augello. Se quitó la camisa, se lavó a conciencia y volvió a su despacho.

—Cuéntamelo todo desde el principio.

—Mientras investigaba los robos a los joyeros, conocí a la mujer de uno de ellos. Era guapa y honesta, aunque... a base de insistir conseguí que perdiera la cabeza. Total, que me citó en su casa una noche en que su marido se había ido. Lo malo fue que él volvió demasiado pronto. Conseguí huir un minuto antes de que entrara por la puerta, pero... igualmente se dio cuenta de lo que había pasado. La confusión de su mujer y la cama hablaron claro... Le dio una paliza de tomo y lomo y le sonsacó mi nombre. Juró que me mataría. La mañana en que teníamos que ir a ver al jefe superior, ella consiguió avisarme, pero... ¿qué iba a hacer yo?

—¿Por qué no me dijiste nada?

—Porque tú habrías actuado de acuerdo con la ley y habrías arruinado la vida de un pobre desgraciado que de ese modo habría acabado cornudo y apaleado. No me vi capaz. La culpa de todo era mía. Claro que, si decides acusarlo de intento de homicidio y destrozar una familia, el nombre del que me disparó es...

—¡No me lo digas! —gritó el comisario.

Se puso en pie, salió y fue a dar un paseo por el aparcamiento, furioso, fumándose un pitillo. Poco a poco se le pasó la rabia y consiguió razonar con calma.

Del atentado ya no hablaba casi nadie, dos o tres días más y el silencio sería definitivo. Por otro lado, estaba seguro de que la investigación de Cusimato acabaría sin resultados.

Volvió a su despacho. Augello estaba sentado, con el cuerpo echado hacia delante, los codos encima de las rodillas y la cabeza entre las manos.

—Vuélvete a Taormina —dijo.

Augello se levantó de un brinco y le tendió la mano.

—Gracias.

El comisario no se la estrechó.

—Quítate de en medio de una puta vez —ordenó.

Muerte en mar abierto

Uno

Una mañana de primavera, Montalbano estaba tomándose su habitual tazón de café cuando sonó el teléfono. Era Fazio.

—¿Qué pasa?

—Ha llamado Matteo Cosentino, porque...

—Perdona, pero ¿quién es ése?

—Matteo Cosentino es el propietario de cinco pesqueros.

—¿Y qué quería?

—Avisar de que en uno de sus barcos, el *Carlo III*, ha habido un accidente y tienen un muerto a bordo.

—¿Qué tipo de accidente?

—Por lo visto, un miembro de la tripulación se ha cargado al mecánico sin querer.

—¿Y dónde está ese pesquero?

—Volviendo a Vigàta. Atracará dentro de unos tres cuartos de hora. Usía puede ir directamente al puerto, yo estoy de camino. ¿Tengo que avisar al fiscal, a la científica y a toda la camarilla?

—Primero vamos a ver cómo está la cosa.

Mientras se dirigía a Vigàta, el comisario se preguntaba por qué misteriosa razón Cosentino le habría puesto el nombre de un rey de España a ese barco, pero no supo encontrar respuesta. La zona reservada a los pesqueros estaba en la parte exterior del muelle central, donde había una larga hilera de almacenes frigoríficos. Todavía no era la hora de la vuelta de la flota y por eso había poca gente.

Montalbano vio el coche patrulla y se detuvo al lado. Fazio estaba un poco más allá, hablando con un hombre de unos sesenta años, achaparrado y desaliñado.

Fazio hizo las presentaciones. Matteo Cosentino le explicó de inmediato al comisario que si el pesquero tardaba era porque el motor no funcionaba bien.

—¿Usted cómo se ha enterado del accidente?

—Por la radio de a bordo. El capitán me ha llamado a las tres de la madrugada.

—¿Y usted a qué hora ha telefoneado a comisaría?

—A las siete.

—¿Y por qué ha dejado pasar tanto rato?

—Comisario, el accidente ha sucedido a cinco horas de navegación de aquí. Si lo hubiera llamado entonces, ¿de qué habría servido? ¿Habría cogido un barco para ir a encontrarse con ellos en mar abierto?

—¿El capitán le ha dicho cómo ha sido el accidente?

—Por encima.

—Pues cuéntemelo por encima también a mí.

—El mecánico, que se llamaba Franco Arnone, estaba dentro del compartimento del motor porque había algún problema, y Tano Cipolla, uno de la tripulación, estaba sentado en el borde de la escotilla, hablando con él y limpiando su pistola, cuando...

—Un momento. ¿La tripulación de sus pesqueros va armada?

—No, que yo sepa.

—Y, entonces, ¿cómo explica que Cipolla llevara una pistola?

—Y yo qué sé. Pregúnteselo a él cuando llegue.

—Está entrando un pesquero —anunció Fazio.

Matteo Cosentino miró hacia la bocana del puerto.

—Es el *Carlo III* —confirmó.

Montalbano no resistió la curiosidad:

—Perdone, pero ¿por qué le ha puesto ese nombre al pesquero?

—Todos mis pesqueros se llaman «Carlo», y van del uno al cinco. Era el nombre de mi único hijo, que murió a los veinte años.

Mientras se acercaba el pesquero, se congregaron unos cuantos mirones, intrigados al ver un barco que volvía a deshora.

En cuanto se supiera que había un muerto a bordo, los curiosos serían un centenar, montarían un gran jaleo y entorpecerían el trabajo policial. Montalbano tomó una decisión rápida. Se volvió hacia Cosentino y dijo:

—Que no baje nadie de la tripulación, subimos nosotros tres y luego el barco zarpa otra vez.

—¿Y adónde les digo que vayan? —preguntó Cosentino.

—Me basta con que salgan del puerto, luego que paren donde quieran.

Diez minutos más tarde, el pesquero se balanceaba con el motor apagado a medio kilómetro del faro hasta el que llegaba el comisario en sus paseos digestivos cotidianos.

Desde el puente, miraron el interior del compartimento del motor por la escotilla; el cadáver se veía con claridad. Estaba en una postura extraña, arrodillado delante del motor, con el brazo derecho en alto, sostenido por una agarradera en la que se le había quedado pillada la mano. La parte posterior de la cabeza había desaparecido y había fragmentos de hueso y de tejido cerebral pegados a las paredes del cuarto.

—¿Quién es Tano Cipolla?

Del grupo de siete marineros que estaban en popa hablando con Cosentino, se separó un hombre de unos cuarenta años, muy delgado, pálido por los nervios, con los ojos desorbitados y el pelo de punta. Caminaba a saltitos, como un muñeco mecánico.

—¡Ha sido un accidente! Yo me había puesto...

—Eso ya me lo contará luego. Ahora colóquese en el mismo sitio donde se encontraba en el momento en que le ha disparado al mecánico.

Cipolla protestó. Le temblaba la voz y tenía los ojos claramente llorosos.

—Pero ¡es que yo no quería dispararle!

—Muy bien. Pero ahora haga lo que le digo.

Moviéndose todavía como un muñeco, se sentó en el borde de la escotilla, con las piernas colgando por dentro del compartimento del motor.

—Estaba exactamente así, charlando con él mientras trabajaba.

—¿El arma ya la tenía en la mano?

—No, señor.

—¿No la estaba limpiando?

—¡No, por favor!

—¿Por qué la ha sacado en un momento dado?

Llegados a ese punto, intervino Fazio:

—Entrégueme la pistola.

—Es que ya no la tengo. En cuanto me he dado cuenta de que había matado a Franco, la he tirado al mar.

—¿Por qué?

—No lo sé. Usía no puede entenderlo. Por desesperación, por rabia...

—¿Qué arma era?

—Un revólver Colt.

—¿De qué calibre?

—No lo sé.

—¿Tiene balas de reserva?

—Sí, señor, unas treinta. Están en mi macuto.

—¿Dónde lo compró?

Cipolla se sorprendió.

—Lo... Me lo dio un amigo.

—¿Lo tiene declarado?

—No, señor.

—¿Y tiene licencia de armas?

—No, señor.

—¿Has acabado? —le preguntó el comisario a Fazio.

—Por ahora, sí.

—Pues entonces repito la pregunta: ¿por qué ha sacado el arma?

—Me lo ha pedido él.

—Explíquese mejor.

—Le he contado que la llevaba y ha querido verla.

—Entendido. ¿Y usted en ese momento dónde la tenía?

—En el macuto.

—¿Y qué ha hecho?

—Me he levantado, he ido a buscar el revólver y he vuelto a sentarme. Y entonces ha sido cuando...

—¿Cuando qué?

—Cuando se ha disparado. Hemos cogido una ola de costado y yo, para no caerme dentro del hueco, me he agarrado con las dos manos al borde. Puede que tuviera el dedo en el gatillo sin darme cuenta y entonces...

—Muy bien. Levántese. Fazio, por favor, dale tu pistola al señor.

A Fazio no le hacía demasiada gracia, pero aun así se la dio, después de quitarle el cargador.

—Ahora usted, señor Cipolla, repítame los gestos que ha hecho y apriete el gatillo cuando toque.

A bordo, todos contemplaban la escena. Cipolla se sentó y al momento hizo un movimiento brusco hacia delante, abrió los brazos, se aferró al borde de la escotilla con las dos manos y, al mismo tiempo, se oyó el chasquido del percutor en el vacío.

La reconstrucción era plausible, el accidente podía haber sucedido así.

—Devuélvale la pistola al señor Fazio y quédese donde está —pidió Montalbano, y luego se dirigió al resto de la tripulación—: ¿Todos han oído el disparo?

Hubo un coro de síes.

—¿Qué estaban haciendo en ese momento?

Los marineros se miraron algo aturdidos y no contestaron.

—¿Puedo hablar yo en nombre de todos? —preguntó un cincuentón enjuto, rubio, quemado por el sol y con cara de fenicio.

—¿Usted quién es?

—El capitán, Angelo Sidoti.

—Muy bien, cuénteme.

—El timonel estaba al timón, había cuatro hombres en popa repasando las redes y yo estaba yendo de popa a proa para...

—Entonces, usted era el que estaba más cerca del lugar donde...

—Sí, señor.

—¿Y qué ha hecho?

—He dado dos pasos atrás y al momento he entendido lo que había pasado. Cipolla se había quedado como una estatua de mármol, con el revólver en la mano. He mirado dentro de la escotilla y enseguida he visto que el pobre Franco estaba muerto.

—¿Y luego qué ha hecho?

—Me he abalanzado sobre la radio para llamar al señor Cosentino.

—¿Y después?

—Después he avisado a los demás pesqueros de que volvíamos a Vigàta y suspendíamos la pesca. Entonces he oído voces y he salido a cubierta.

—¿Quién gritaba?

—Cipolla. Parecía que se hubiese vuelto loco. Girolamo y Nicola lo agarraban, porque quería tirarse al mar.

Montalbano se alejó hacia la proa. Llamó a Fazio.

—Esta tarde a las cuatro quiero en comisaría a Cosentino, a Cipolla y al capitán. Los demás que estén localizables. En cuanto lleguemos, avisa al fiscal, a Pasquano y a la científica. Yo me voy a comisaría. Dile a Cosentino que ya podemos volver.

Cuando Montalbano llevaba ya una hora firmando papeles, entró Mimì Augello. Se había pasado cuatro días en cama por culpa de una gripe.

—¿Cómo te encuentras?

—Ya estoy curado —contestó el subcomisario, y se sentó—. He oído que ha habido un accidente en un pesquero.

—Sí, un pescador, un tal Tano Cipolla, le ha pegado un tiro sin querer al mecánico...

—¿Cómo dices que se llama el que ha disparado?

—Cipolla, Tano Cipolla.

—Cipolla... Tano Cipolla... ¿Qué te juegas a que es el marido de las gemelas?

—Pero ¡¿qué dices?!

—Aquí en Vigàta viven dos gemelas que ahora tienen treinta años y son famosas por su belleza: Lella y Lalla.

—¿Estás de coña?

—No. Lella se casó con Cipolla y Lalla se ha quedado soltera, pero vive en casa de su hermana y de su cuñado. Por eso dicen de él que está casado con las dos.

—Oye, pero ¿tú de dónde sacas esas cosas?

—Yo de las mujeres guapas de Vigàta lo sé todo —contestó Augello con una sonrisita.

Montalbano comprendió que aquella sonrisita escondía algo.

—¡No me digas que has catado la mercancía!

—No, la verdad es que no. Claro que luego me he arrepentido, porque he oído rumores.

—¿Y qué decían?

—Que ciertas noches, cuando Cipolla no está, su mujer recibe en casa. No es muy habitual, pero sucede.

—Y, mientras, ¿Lalla qué hace?

—No se queda en su habitación mano sobre mano, sino que participa. Montan tríos. Aunque eso son rumores, es posible que en realidad no haya nada.

—¿Y Cipolla qué sabe de esos escarceos de su señora y su cuñada?

—Unos dicen que no se entera de nada y otros, que lo sabe todo pero disimula.

—Hazme un favor, Mimì, infórmate mejor.

—¿Tienes dudas sobre el accidente?

—De momento no, pero siempre es mejor estar al tanto de todo lo que se pueda.

Dos

Fazio volvió cuando el comisario ya estaba preparándose para ir a almorzar.

—¿Por qué has tardado tanto?

—Porque el *dottor* Pasquano ha hecho una mala maniobra con el coche y se ha quedado con las dos ruedas delanteras fuera del muelle, haciendo un auténtico equilibrio circense. No se ha caído al agua porque Dios no lo ha querido.

—¿Y qué ha dicho?

—Soltaba tacos como un poseso, se ha llevado un susto de padre y muy señor mío.

—No, quería decir sobre el muerto.

—Pues que la muerte ha sido instantánea y que debe de haberse producido entre las dos y las cuatro de esta madrugada.

—Encaja.

—Ya. Los de la científica han encontrado la bala, muy deformada. Cuando sepan algo nos avisan.

Mientras se comía unos salmonetes a la papillote exquisitos, se le ocurrió una idea y llamó al propietario de la *trattoria*.

—Dígame, comisario.

—Aclárame una curiosidad. ¿Tú a quién le compras el pescado?

—A Filici Sorrentino.

—¿Y nunca se lo has comprado a Matteo Cosentino?

—Sí, señor, durante una época. Pero luego cambié.

—¿Y eso?

—Es que dos veces trató de dármela con queso.

—¿Cómo?

—Vendiéndome pescado congelado haciéndolo pasar por fresco.

—Será que no había pescado lo suficiente y...

—Por lo que dicen, es algo que le pasa a menudo. Sus pesqueros vuelven medio vacíos y él, para no perder los clientes, le compra mercancía congelada a algún compañero.

—¿Y eso lo ha hecho siempre?

—Al principio era de fiar. Los trapicheos empezaron hace unos tres o cuatro años.

El paseíto hasta el pie del faro no podía faltar. Se sentó en la roca plana y encendió un pitillo. Después de lo que le había contado Mimì Augello, tocaba interrogar a Cipolla, de forma que no hubiera zonas de penumbra. Miró la hora: eran las tres.

Se quedó un poco más, disfrutando del aire del mar. Cuando llegó a la comisaría, Fazio lo avisó de que ya estaban allí todos los convocados.

—Vamos a empezar por el capitán. Recuérdame cómo se llama.

—Angelo Sidoti.

—¿Qué sabes de él?

—Tiene cincuenta y un años, trabaja desde siempre con Cosentino y es el capitán número uno de los cinco pesqueros.

—¿Y eso qué significa?

—Significa que, en una situación de peligro, todos tienen que acatar sus órdenes; es el que manda.

El comisario invitó a Sidoti a tomar asiento delante de su mesa. No se lo veía nervioso ni preocupado, más bien tenía un aire casi de indiferencia.

—Señor Sidoti, antes me ha dicho dónde se encontraba anoche en el momento del disparo. ¿Y cinco minutos antes?

El capitán contestó de inmediato.

—Cinco minutos antes estaba al timón del barco.

—Por lo tanto, si lo he entendido bien, del timón se fue a popa, donde cuatro hombres de la tripulación estaban repasando las redes, se entretuvo brevemente con ellos y luego, mientras volvía al timón, fue cuando el tiro lo hizo pararse en seco, ¿no?

—Exacto.

—¿Dónde tenía Cipolla el macuto?

—En proa, más allá del timón, hay una escotilla donde metemos nuestras cosas.

—O sea, y corríjame si me equivoco, para coger el revólver, Cipolla tenía que ir desde cerca de la popa hasta cerca de la proa y recorrer casi todo el largo del pesquero. ¿Es así?

—Así es.

—Ahora présteme atención. Cuando dejó el timón y se dirigió a popa, ¿vio a Cipolla sentado en el borde de la escotilla?

Tampoco en ese caso Sidoti vaciló lo más mínimo.

—No, no estaba allí.

—¿Cómo puede estar tan seguro? Era noche cerrada y...

—Comisario, a nosotros nos bastan las luces de posición, y además estamos acostumbrados. Sería que había ido a buscar el revólver.

—Entonces lo vería volver, ¿no?

—Eso sí. Nos cruzamos a la altura del compartimento del motor. Yo aún tuve tiempo de dar dos pasos y, al oír el disparo, volví y vi lo que ya le he dicho.

—Al cruzarse con Cipolla, ¿se dio cuenta de que llevaba un arma en la mano?

—No.

—¿Cuánto hace que trabaja con usted?

—Era su primer viaje.

La respuesta dejó perplejo a Montalbano.

—¿Y antes dónde estaba?

—En el *Carlo I*.

—¿A qué se debió ese traslado?

—Son cosas que decide el señor Cosentino.

—¿Para el mecánico también era el primer viaje con usted?

—No, señor. Hacía tres años que navegaba conmigo.

—Sin duda, habrá comentado lo sucedido con sus hombres. ¿Alguien oyó de qué hablaban Cipolla y Arnone antes del disparo?

—Los que repasaban las redes estaban a unos tres metros de ellos, charlando. Sería difícil que hubieran oído nada.

—¿Cipolla y Arnone ya se conocían?

—Sí, claro, trabajaban para el mismo jefe. Nos conocemos todos.

—Muchas gracias. Puede irse.

Sidoti se despidió y se marchó. Fazio y el comisario se miraron.

—¿Qué le ha parecido?

—Si quieres que te diga la verdad, no me convence. Me ha dado respuestas demasiado preparadas.

—Explíquese.

—¿Tú crees que alguien recuerda tan bien todo lo que ha hecho la noche anterior minuto a minuto? Eran gestos y movimientos habituales que habrá hecho decenas de veces, pero va y se acuerda de dónde se encontraba en cada momento exacto.

—Puede que durante estas horas haya hecho un esfuerzo de memoria.

—Pues sí, tienes razón. Haz pasar al señor Cosentino.

Éste se mostró más nervioso que por la mañana.

—Me han dicho que el barco se va a quedar retenido como mínimo una semana. ¡Voy a perder una fortuna!

Montalbano hizo como si no lo hubiera oído.

—El señor Sidoti acaba de contarnos que era la primera vez que Cipolla trabajaba en el *Carlo III*, que procedía del *Carlo I* y que ese cambio obedecía a una orden suya.

—¿Y qué? ¿No soy libre de pasar a uno de mis pescadores de un barco a otro?

—Sí, claro, pero tiene que aclararme el motivo.

—Señor mío, a veces sucede que, a fuerza de estar juntos en un mismo pesquero, alguno le coge manía a un compañero. Y entonces empiezan las disputas, los desaires... Y el trabajo se resiente.

—¿Había recibido quejas?

—Quejas no, pero hay cosas que yo me huelo.

—¿Se había olido algo más?

—¿Qué quiere decir?

—Me han contado por ahí que Cipolla tiene una mujer muy guapa y que su cuñada, que vive con él, tampoco está nada mal.

—¿Me dice bien clarito adónde quiere ir a parar?

—¿Arnone estaba casado?

—No, señor. Era un muchacho atractivo de treinta años, muy mujeriego.

—A eso iba, gracias. ¿Es posible que Cipolla hubiera oído algún rumor malévolo sobre su mujer y él?

Cosentino levantó los brazos muy arriba en un gesto de rendición.

—Todo es posible.

—Sería importante saber si Arnone conocía a la señora Cipolla.

—Ya le contesto yo: seguro que la conocía.

—¿Cómo lo sabe?

—Porque por Fin de Año siempre invito a mi casa a todos mis empleados y sus familias. Claro que, si quiere saber mi opinión...

—Dígamela.

—Si Cipolla hubiera tenido intención de cargarse a Arnone, ¿no podría haberse buscado un sitio más adecuado? Porque así, en un pesquero, con tanta gente de por medio...

—Muy bien, por hoy es suficiente. Fazio, haz pasar al señor Cipolla.

Era evidente que a éste le había dado tiempo de tranquilizarse, ya no tenía los ojos desorbitados y se había peinado. Incluso parecía más seguro; sin duda, las preguntas que pudieran plantearle en ese momento no lo pillarían por sorpresa. En cuanto lo tuvo delante, Montalbano comprendió instintivamente que la mejor estrategia era ponerlo tan nervioso como por la mañana. Así pues, decidió entrar al ataque con una provocación.

—Señor Cipolla, aparte de que pesa sobre usted una acusación de homicidio...

El otro lo interrumpió al instante:

—Pero ¡qué homicidio ni qué homicidio!

El comisario pegó un sonoro manotazo en la mesa y levantó la voz, mientras Fazio, que no se lo esperaba, lo miraba atónito.

—¡No se atreva a interrumpirme nunca más! Escúcheme en silencio y, si le cedo la palabra, hable como Dios manda. Cuidadito, no se equivoque. Es una advertencia que no pienso repetir. ¿Queda claro?

—Sí, señor —respondió Cipolla, atemorizado.

—Y añado para su información que, si de mí dependiera, ya lo habría detenido, pero el señor juez no es de la misma opinión, así que me toca seguir interrogándolo.

De repente, Cipolla tenía la frente empapada en sudor.

—Además, dejando a un lado el homicidio, tendrá que responder por posesión ilegal de arma de fuego. ¿Entendido?

—Entendido.

—En su opinión, ¿por qué motivo decidió el señor Cosentino retirarlo del *Carlo I* y pasarlo al *Carlo III*?

—Y yo qué sé... El jefe es él...

—No me haga perder el tiempo, Cipolla. Y, sobre todo, trate de no hacerse el listillo. Cosentino me lo ha contado todo. ¿Le resultaría más fácil que le dijera yo el motivo?

El hombre, resignado, se encogió de hombros y no abrió la boca.

—Usted —prosiguió Montalbano— ya no se llevaba bien con sus compañeros del *Carlo I*. ¿Tengo que decirle también yo el porqué? Su señora...

De golpe, Cipolla se levantó de un salto, congestionado y tembloroso.

—¡A mi señora no la meta en esto!

Fazio lo agarró de un brazo, le puso una mano en el hombro y lo obligó a sentarse otra vez.

—¡Eso no son más que infamias! ¡Cotilleos infundados! —añadió Cipolla, alteradísimo, apretando los dientes.

—Trate de calmarse y, se lo digo por su bien, preste atención a cómo responde a mis preguntas. ¿Era usted amigo de Franco Arnone?

Cipolla respiró hondo antes de contestar.

—Amigo no. Conocido.

—Ahora responda sin montarme un número o lo meto en el calabozo. ¿Arnone y su señora se conocían?

—Claro. Franco conocía a Lella antes de que fuera mi mujer.

—Explíquese.

—Franco estaba loco por Lalla, la hermana gemela de mi señora, pero ella primero le hizo caso y luego lo dejó.

—Empiezo a entender —dijo el comisario.

Y miró de reojo a Fazio, lo que significaba que estuviera listo para intervenir. El inspector se acercó al borde de la silla.

Tres

—Entiendo —insistió Montalbano, pensativo.

Y no dijo nada más. El silencio se hizo agobiante, Cipolla empezó a ponerse nervioso. Al final ya no pudo contenerse.

—¿Puedo saber...?

—Por descontado. Estoy convencido de que Arnone buscó en su señora una compensación por el rechazo de Lalla y de que la obtuvo.

En un primer momento, Cipolla no lo comprendió. Luego fue como si el significado de las palabras del comisario le entrara de repente en la cabeza. Con una especie de rugido salió volando hacia Montalbano por encima de la mesa, sin que Fazio consiguiera detenerlo. Sin embargo, el comisario se levantó y se hizo a un lado, de forma que Cipolla acabó el vuelo estampándose de cabeza contra la pared y cayó al suelo aturdido. Fazio lo ayudó a levantarse y a volver a sentarse, y le llevó un vaso de agua.

—Les pido perdón —dijo el hombre al cabo de un rato, respirando con dificultad.

Se había producido en él un cambio. Quizá había entendido que lo mejor era mantener los nervios a raya.

—¿Puedo seguir?

—Sí, señor.

—¿Sabe qué me ha llevado a formular esa hipótesis? El hecho de que usted, antes de embarcarse en el *Carlo III*, le pidiera un revólver a un amigo y...

—Pero ¡si ya lo tenía desde hacía tiempo!

—Pero no puede aportar ninguna prueba.

Cipolla cerró los ojos y echó la cabeza hacia atrás. Empezaba a sentirse perdido.

—A ver, si lo tenía desde hacía tiempo, yo le pregunto: cuando trabajaba en el *Carlo I*, ¿también subía a bordo armado?

—Sí, señor.

—¿Me explica por qué?

—Yo se lo explico, pero preferiría que los demás no supieran que se lo he dicho.

—¿Qué tienen que ver los demás?

—Tienen que ver porque... Bueno, se lo voy a contar todo y santas pascuas... Resulta que a veces, mientras pescamos, llegan patrulleras libias, tunecinas, de donde coño sea, y secuestran alguno de nuestros pesqueros. Y yo, la verdad, no tengo ningunas ganas de acabar en una cárcel de Gadafi.

—¿Ya le ha pasado?

—A mí no, pero a un amigo mío sí. Y me ha contado que le hicieron cosas vergonzosas.

—O sea, que el revólver lo llevaba para defenderse.

—Desde luego.

—Pero ¿qué iba a hacer usted solo contra las metralletas de una patrullera?

Cipolla no contestó.

—Como ve, su explicación no se sostiene. Su situación, tengo que advertírselo, va de mal en peor. Vamos encaminándonos hacia el homicidio premeditado. ¡Nada de accidente! Voy a llamar al juez instructor y...

—Un momento —pidió Cipolla en voz baja.

Se retorcía las manos y movía el cuerpo hacia delante y hacia atrás. Montalbano decidió darle un empujoncito:

—Muy bien. Hemos acabado —dijo.

—¿Y quien ha dicho que sólo iba armado yo? —gritó el marinero.

—Un momento, a ver si lo entiendo. ¿Me está diciendo que sus compañeros de pesca también llevan armas?

—Sí, señor.

—¿Y cree que estarían dispuestos a confirmarlo?

—Ni por asomo.

—¿Y eso?

—Para empezar, porque no tienen licencia. Y luego, porque el que se ha metido en un lío he sido yo y tengo que afrontar las consecuencias.

De golpe y porrazo, ante esas últimas respuestas, en el cerebro de Montalbano se encendió una lucecita.

—¿No será que a bordo hay algo más gordo que un revólver?

—Yo no soy ningún chivato.

La lucecita ganó en intensidad.

—¿El señor Cosentino está al corriente?

Cipolla se encogió de hombros.

—Puede que sí y puede que no. Quizá no le conviene que el pesquero quede retenido.

Se hizo un silencio. A continuación el comisario preguntó:

—¿Es consciente de que, tal como están las cosas, lo tiene bastante jodido?

Cipolla inclinó la cabeza hacia delante y se puso a llorar en silencio.

—¡Se lo juro! ¡Yo no quería matarlo, fue un accidente!

—Pero por desgracia para usted...

Una especie de lamento empezó a surgir de la boca de Cipolla. Montalbano decidió que había llegado el momento del golpe de gracia. Le había dado algo amargo y ahora tocaba algo dulce. Habló en voz baja:

—La verdad es que yo, personalmente, empiezo a tener serias dudas sobre lo de la premeditación.

Mientras una especie de corriente eléctrica sacudía el cuerpo del pescador, Fazio sonrió. Había entendido el juego del comisario.

—¿Usía me cree? —preguntó el hombre, incrédulo y desorientado.

—Podría. Pero aún tengo que preguntarle un par de cosas más.

—Todas las que hagan falta.

—Y debe contestar con absoluta sinceridad.

—Se lo juro.

—¿Me confirma que sus compañeros también llevaban armas?

—Sí, señor.

—¿Incluido el mecánico?

—Sí, señor.

—¿Dónde la tenía?

—Metida en el cinturón.

—Usted tiró el revólver al mar inmediatamente después del accidente, pero ¿sus compañeros cuándo se deshicieron de los suyos?

—Cuando lo ordenó Sidoti.

—El cual, a su vez, había recibido la orden de Cosentino, ¿no?

—No sé decirle si Cosentino le dio la orden, pero sí que fue después de que hablara con él.

—¿Y Sidoti qué más tiró al mar?

El hombre vaciló un instante. Montalbano decidió intervenir.

—Señor Cipolla, tiene ante sí dos caminos: o treinta años por homicidio con premeditación o algún añito por homicidio involuntario y tenencia ilícita de arma de fuego. Usted elige. Se lo repito: ¿qué más tiró Sidoti al mar?

—Un... un kalashnikov.

Montalbano comprendió al vuelo que Cipolla se callaba algo más.

—¿Y además del kalashnikov?

—Dos trajes de buceo, dos máscaras y cuatro botellas —musitó el otro.

—¿Para qué servían?

Antes de contestar, Cipolla arrugó la frente como si estuviera haciendo un gran esfuerzo.

—Para... para desencallar las redes si alguna vez...

—Perdone, pero ¿qué necesidad había de hacer desaparecer todo eso?

—No lo sé.

Estaba claro que mentía, pero el comisario prefirió no insistir.

—¿Y las tripulaciones de los demás pesqueros también van armadas?

—Sí, señor.

El que habló entonces fue Fazio:

—Cuando han sacado el cadáver del mecánico no han encontrado ningún arma.

—Sidoti se metió en el compartimento del motor y se la quitó —explicó Cipolla.

—Por ahora puede bastar. Fazio, llévatelo al calabozo. Está usted detenido, señor Cipolla.

Éste, que no esperaba esa conclusión, se quedó estupefacto, boquiabierto, sin fuerzas siquiera para levantarse. Fazio lo puso en pie y se lo llevó casi a rastras. Volvió a la carrera cinco minutos después y se sentó.

—Pero ¿usía qué piensa realmente de Cipolla?

—Me estoy convenciendo de que se trató de un accidente que ha tenido efectos secundarios.

—¿Y eso qué quiere decir?

—Quiere decir que esa muerte está poniendo en peligro alguna actividad turbia, aunque no sé de qué se trata. Habría que investigar un poco a Cosentino.

—Ya está hecho —dijo Fazio.

Aquel «ya está hecho» tenía un significado claro: con frecuencia, y por propia iniciativa, Fazio iba un paso por delante del comisario, cosa que causaba en éste una tremenda irritación. Se controló.

—¿Y con quién has hablado?

—Con mi padre. He ido a verlo después de comer, antes de venir para aquí.

—¿Y qué te ha dicho?

Fazio puso la cara de las grandes ocasiones.

—Pues unas cuantas cosas interesantes. Hace muchos muchos años, Cosentino era un pobre pescador al que don Ramunno Cuffaro...

—Ay, ay, ay —dijo Montalbano.

—... al que don Ramunno Cuffaro acogió bajo su ala, hasta el punto de que lo hizo capitán de un pesquero muy especial.

—¿Qué tenía de especial?

—Que, además de peces, también pescaba cajas de cigarrillos de contrabando.

—Comprendo. O sea que hizo carrera con los Cuffaro.

—Exacto. Mi padre está convencido de que no es el auténtico propietario de los pesqueros, sino un testaferro de los Cuffaro.

—¿Algo más?

—Sí, jefe. Se dice que a su hijo Carlo, que oficialmente se ahogó en el mar hace seis años y cuyo cadáver no se encontró, en realidad se lo cargaron durante un tiroteo con los Sinagra, que iban en dos pesqueros que querían robar los cigarrillos de los Cuffaro. Desde entonces, parecía que Cosentino había conseguido que los Cuffaro lo dejaran dedicarse a pescar honradamente y nada más, pero por lo visto...

—Por lo visto le han ordenado que vuelva al servicio activo. Pero ¿de qué servicio se trata? Ahí está el quid de la cuestión. A ver, dime, ¿tú conoces a algún propietario de barcos pesqueros que sea honesto y reservado?

—Sí, jefe. Calogero Lorusso.

—Pon el altavoz, llámalo y pásamelo.

Cinco minutos después ya lo tenía al teléfono.

—A sus órdenes, comisario.

—Le ruego que no le mencione a nadie esta conversación.

—Soy una tumba.

—Se lo agradezco. Me gustaría saber qué instrucciones ha dado a sus tripulaciones en caso de intento de secuestro por parte de patrulleras extranjeras.

—Bueno, comisario, no se trata de instrucciones mías. Todos los pesqueros tienen que atenerse a las normas dictadas por la Comandancia General de las Capitanías.

—Que son...

—En primer lugar, intentar evitar el secuestro alejándose a toda velocidad y renunciando, en caso necesario, a recuperar las redes. En segundo lugar, no oponer la más mínima resistencia, ni siquiera ante provocaciones graves. En tercer lugar, no embarcar armas de ningún tipo. En cuarto lugar...

—Es suficiente. Acláreme una curiosidad. En caso de que se encallaran las redes, ¿haría bajar a un submarinista?

—¿Un submarinista? ¿De noche? Pero ¡qué cosas tiene! Se prueba una y otra vez con el cabrestante haciendo las maniobras oportunas y si la suerte te acompaña...

—Una última pregunta y no lo molesto más. ¿Cómo se reparten las zonas de pesca entre todos?

—No hay nada escrito, son zonas tradicionales. En tierra se hablaría de usucapión. Hace décadas que yo tengo mi zona, Filipoti la suya, Cosentino lo mismo y así sucesivamente.

—Le agradezco su amabilidad.

Colgó el auricular y marcó otro número que tenía apuntado en un papel.

—Señor Cosentino, al habla Montalbano. Quería informarle de que Cipolla está detenido, avise usted a su mujer. Por la mañana lo trasladarán a la cárcel de Montelusa y yo le haré saber al juez que, en mi opinión, se trata de un homicidio premeditado.

—Entonces, ¿cuándo me devuelven mi barco?

—Mañana mismo solicitaré al señor juez que lo haga. Buenas tardes.

Cortó la comunicación y miró a Fazio.

—Así Cosentino se siente seguro de poder seguir con sus actividades. Porque lo que está claro es que está haciendo algo turbio, puesto que incumple las normas de la Comandancia de las Capitanías.

—Sus pesqueros van tan armados que cualquiera diría que son una flota naval —dijo Fazio.

—A eso voy. Querido Fazio, tengo la impresión de que hemos topado con algo gordo. Bueno, se ha hecho tarde y me marcho ya. Tú entérate de cuál es la zona de pesca reservada a Cosentino y nos vemos mañana por la mañana.

Al llegar a Marinella se dio cuenta de que no le apetecía hacer nada, ni siquiera comer.

Una sola pregunta le rondaba por la cabeza: ¿cuál era el secreto de Cosentino?

Y no saber darle respuesta le pesaba como una losa.

Decidió picar algo para no irse a la cama con el estómago vacío.

Cuatro

Se preparó un plato con un poco de salami, unas lonchas de queso *caciocavallo*, jamón y una decena de aceitunas negras, cogió una botella de vino y a continuación se lo llevó todo al porche. Así mató una hora. Luego entró y encendió el televisor. Estaban poniendo el tercer episodio de «La piovra», una serie sobre la mafia que estaba teniendo un éxito descomunal. La vio un rato. Parecía que los italianos acabaran de descubrir Sicilia, pero sólo el lado malo, así que cambió de canal. Y allí estaba Toto Cutugno cantando *L'italiano*, que había presentado el año anterior en el Festival de Sanremo. Apagó y volvió al porche a fumar y a devanarse los sesos. A aquellas horas, la flota pesquera de Vigàta ya estaba dirigiéndose a sus respectivos puntos de pesca.

Pero ¿qué pescaban los barcos de Cosentino?

Por fin, cuando ya eran casi las doce, decidió que había llegado el momento de llamar a Livia.

La muchacha le dijo que acababa de volver del cine en ese preciso instante.

—¿Qué has visto?

—Una de 007, de James Bond.

—Pero ¡si no son más que tonterías!

—Pues mira, yo me la he tomado como una fábula. Imagínate que en un momento dado esconden un avión en el fondo del mar tapándolo con una lona y luego mandan a unos buzos a sacarlo de allí...

Pero Montalbano ya no la escuchaba, estaba perdido en sus pensamientos.

—Gracias —se le escapó en un momento dado.

—¿Gracias por qué? —preguntó Livia, sorprendida.

Montalbano salvó la situación:

—Gracias por contarme la película, así no voy a verla.

—Pero si no te estaba hablando de la película. ¡Te digo que me muero de ganas de estar contigo y tú me das las gracias como si te hubiera ofrecido un pitillo! ¡Vete a tomar viento!

Y colgó furiosa. Montalbano volvió a llamarla y tardó sus buenos diez minutos en hacer las paces con ella.

Sin embargo, cuando se metió en la cama le costó conciliar el sueño. Las palabras de Livia habían sido como un rayo de luz que había iluminado una zona completamente oscura y le había permitido entrever algo por un momento.

Y así, hipótesis tras hipótesis, llegó a una posible conclusión, digna sin lugar a dudas de una película de James Bond.

—Tengo buenas noticias —anunció Fazio, contento, a la mañana siguiente, mientras entraba en su despacho—. He hablado largo y tendido con Calogero Lorusso. La zona de pesca de Cosentino está justo delante del golfo de Sidra, pero en aguas territoriales italianas, a siete horas de navegación de Vigàta. Es una zona que llaman «el bajío de Gabuz», porque por allí hay poca profundidad.

—¿Poca profundidad? Precisamente lo que quería oírte decir.

—Lorusso me ha contado también una cosa extraña que he apuntado.

—¿El qué?

—Que los cinco pesqueros salen siempre juntos y también vuelven siempre juntos, pero una vez cada quince días hay uno que llega con tres o cuatro horas de retraso. Y eso sucede desde hace unos años. Me ha dicho incluso que si quiero comprobarlo con mis propios ojos vaya mañana al puerto, porque es justo cuando se cumplen los quince días.

—Muy bien. Ahora me voy a ver al juez de Montelusa por lo de la detención de Cipolla y para que devuelvan el pesquero. Volveré, como mucho, dentro de dos horas. A ti, mientras tanto, te toca descubrir el local donde Cosentino tiene la radio con la que se comunica con sus barcos. Fíjate bien dónde están las puertas y las ventanas.

—¿Qué le ronda por la cabeza? —preguntó Fazio, suspicaz.

—Luego te lo digo.

Montalbano convenció al juez de que Cipolla tenía que seguir detenido (a pesar de que estaba seguro de que había sido un homicidio involuntario), consiguió que le firmara la orden de devolución del pesquero y, desde un teléfono del Palacio de Justicia, le comunicó la noticia a Cosentino y le indicó que podía pasar a retirar los papeles hacia la una, pero mientras ya podía ir quitando los precintos y preparando el barco para salir. El hombre se lo agradeció una y mil veces.

A su regreso, le dejó la orden de devolución a Catarella y fue a reunirse con Fazio, que lo esperaba en su despacho.

—Primero dime una cosa: ¿a qué hora salen los pesqueros de Cosentino?

—A las dos de la tarde.

—O sea, que a las nueve llegan a la zona de pesca, faenan hasta las doce y luego vuelven y llegan a Vigàta a las siete de la mañana. ¿Es eso?

—Sí, jefe.

—Ahora habla tú.

—Cosentino tiene las oficinas en la calle que rodea el recinto portuario, en el número veintidós. Es un almacén donde guarda piezas de recambio y redes para los barcos. La oficina propiamente dicha consiste en una especie de altillo al que se sube por una escalerilla de hierro. Ahí tiene la radio y también una cama, porque algunas noches se queda a dormir.

—Me juego los huevos a que esta noche la pasa en la oficina. ¿Cómo puedo entrar?

—¿Sin una orden?

—Premio para el caballero.

—*Dottore*, dese cuenta de que le pueden salir mal las cosas...

—Contéstame a la pregunta.

—Por la parte de atrás hay una ventana que siempre queda entreabierta. Jefe, si usía va, yo lo acompaño.

—No, tú como mucho te quedas fuera y vigilas. Ponme a alguien de guardia en el almacén a partir de las siete de la tarde. En cuanto aparezca por allí Cosentino, me llamas a Marinella. Y ahora ve a decirle a Augello que venga y vuelve tú también.

Cuando llegó Mimì, Montalbano le contó las conclusiones que había sacado y el plan que había ideado.

—Una sola observación —apuntó al final el subcomisario—: no tienes la más remota idea del delito que cometen Cosentino y sus hombres. Y perdona si eso no te ayuda mucho.

—Mimì, algún delito cometen, eso seguro. Lo que hacen en concreto no lo sabremos hasta que tengamos los pesqueros en nuestras manos. Es como la sorpresa del interior de un huevo de Pascua.

A las ocho recibió la llamada telefónica de Fazio, a las ocho y media aparcaba detrás del almacén de Cosentino, en un callejón por el que no pasaba nadie. Antes de bajar, sacó la pistola de la guantera y se la metió en el bolsillo. Fazio lo esperaba.

—Cosentino está dentro y ha cerrado la puerta. La ventana es esa de ahí. Está bastante abierta. Yo lo ayudo, súbase a mis hombros.

Un minuto después, el comisario estaba sentado en el alféizar. Se dio la vuelta y, agarrándose, se deslizó lentamente sin hacer ruido. Ya estaba dentro.

Había luz. Se oía la voz de Cosentino al teléfono. Montalbano se quedó inmóvil y miró a su alrededor. El almacén no era grande, pero estaba abarrotado de cajas, piezas de motor y redes. El altillo donde se encontraba Cosentino era de obra y se apoyaba contra la pared izquierda. Tenía una ventana que daba al interior del local. El comisario se dijo que no lo vería a no ser que se asomara. También debajo del altillo había cajas, y pensó que lo mejor sería esconderse allí. El otro seguía hablando y él avanzó despacio y sin hacer ruido. Luego, con un suspiro de alivio, se colocó entre dos cajas. Cosentino apenas había colgado cuando se oyó la radio.

—*Carlo III* llama a base, *Carlo III* llama a base.

Era la voz de Sidoti.

—Te recibo, *Carlo III*.

—Estamos en Gabuz. ¿Empezamos a pescar los cinco?

—De momento sí.

¿Qué quería decir aquel «de momento»? ¿Estaba Cosentino a la espera de órdenes?

La cosa iba para largo. Con movimientos sumamente lentos, Montalbano consiguió sentarse en el suelo y apoyar los hombros contra la pared. Oyó que Cosentino se levantaba y temió que fuera a bajar, pero al poco rato volvió a sentarse. De vez en cuando lo oía canturrear con la boca cerrada. Poquito a poco, al comisario le fue entrando una especie de somnolencia peligrosa. Intentó espabilarse recitando mentalmente todo lo que recordaba primero del *Orlando furioso* y luego de la *Ilíada*. No sabía cuánto tiempo había pasado. De repente, sonó el teléfono.

—¿Diga? —contestó Cosentino, y escuchó en silencio. Al final dijo—: Muy bien.

Y cortó la comunicación. Enseguida habló por la radio:

—Base llama a *Carlo III*, base llama a *Carlo III*.

—Aquí *Carlo III*. A la orden.

—Pásale a Taibi la posición que te he dado, la mercancía la recuperará el *Carlo II*. Cuando Taibi te diga que ha llegado, calculo que tardará una horita, llámame. Los otros cuatro seguid pescando.

Pasó más tiempo. Luego volvió a oírse la voz de Sidoti:

—*Carlo III* llama a base.

—Habla.

—Taibi me ha comunicado que el *Carlo II* está en la posición de la boya y empieza la operación. Dice que tardará una media hora.

—Muy bien. Te llamo dentro de un rato y te doy las instrucciones para Taibi.

En aquel gran silencio, se distinguió claramente que Cosentino marcaba un número de teléfono.

—¿Oiga? —dijo luego—. Ha empezado la recuperación. Quiero saber qué tiene que hacer el pesquero con la mercancía.

Mientras Cosentino escuchaba la respuesta, Montalbano se levantó, empuñó la pistola y, en un abrir y cerrar de ojos, se plantó al pie de la escalerilla de hierro, que subió a paso ligero. Cosentino le daba la espalda, sentado delante de una mesita encima de la cual estaban la radio y el teléfono.

—Muy bien —dijo, y colgó.

En ese preciso instante, notó que alguien le pegaba la boca del cañón de una pistola a la nuca. Se quedó quieto como una estatua.

—Date la vuelta.

Cosentino obedeció sin levantarse de la silla, y en cuanto reconoció a Montalbano se le abrió la boca de golpe y se le quedó así.

—Escúchame bien. En comisaría no saben que estoy aquí, así que puedo pegarte un tiro sin rendir cuentas ante nadie. Cuando encuentren tu cadáver, yo me encargaré de la investigación y les echaré las culpas a los Sinagra. Considérate hombre muerto. ¿Has entendido lo que he dicho?

Cosentino dijo que sí con la cabeza. Babeaba y la saliva le resbalaba por las comisuras de los labios.

—Ahora, si no contestas a mis preguntas, te pego un tiro en una rodilla. Si te emperras en seguir mudo, le toca a la otra. Y así hasta que te decidas.

Cosentino se había puesto de un color verdoso.

—¿Qué instrucciones te han dado para el *Carlo II*?

—Tiene... que... quedarse cerca... de la boya... porque... dentro de una hora... llegará una motora... y...

—Pues mira, en vez de eso vas a decirles que el *Carlo II* tiene que reunirse con los otros cuatro pesqueros para volver juntos a Vigàta. La mercancía que han recuperado, que la metan en la escotilla de proa. Antes de hablar por radio, cálmate. Que te salga la misma voz de siempre.

Cosentino obedeció.

—Ah, por cierto, ¿me dices, por pura curiosidad, qué habéis sacado del fondo del mar?

Cosentino abrió los ojos como platos por la sorpresa.
—¿No lo sabe?
—No.
—Treinta kilos de heroína.

Hizo salir a Cosentino del almacén y, en cuanto Fazio los vio, se abalanzó hacia ellos.
—¿Han llegado los refuerzos de Montelusa?
—Sí, jefe.
—Pues avisa al *dottor* Augello de que los cinco pesqueros están volviendo y de que en la escotilla de proa del *Carlo II* hay treinta kilos de heroína. Que detengan a todas las tripulaciones; van armados y son peligrosos. Te confío al señor Cosentino, mételo en el calabozo.
—¿Y usía?
—Yo me voy a Marinella, a acostarme. Me ha entrado un poco de sueño.

Pasó una tarde desagradable, defendiéndose de los periodistas que querían entrevistarlo, y luego tuvo que salir corriendo hacia Montelusa para recibir primero la regañina y luego los elogios del jefe superior. Después lo convocó el juez, al que tuvo que explicárselo todo, aunque a medias.
Volvió a Marinella a las nueve de la noche, nervioso y cansado, pero durmió bien, hasta el punto de que al día siguiente se presentó en la comisaría de buen humor.
—Quiero hablar contigo —dijo Mimì Augello, entrando en su despacho.
—Pues habla.
—¿Tú le has dicho al juez que, en tu opinión, lo de Cipolla fue un homicidio involuntario?
—Estoy convencido.

—Te equivocas. Tengo dos testigos. En el último mes, Arnone había estado yendo a casa de Cipolla de noche cuando el otro no estaba.

Montalbano meditó un instante.

—¿Sabes qué te digo, Mimì? Que decida el juez. Yo creo que Cipolla se merece que alguien le eche una mano.

La nota robada

Uno

Demasiado tarde, cuando ya estaba medio desnudo y había ido a sentarse en el porche para fumarse un último pitillo, Montalbano se dio cuenta de que no tenía ni una gota de whisky en casa. No es que tuviera unas ganas tremendas de beber, se habría contentado con un dedo, pero la carencia hizo aumentar el deseo.

Trató de resistir. Tampoco es que fuera alcohólico, ¿no? Claro que, sin whisky, el pitillo se le antojó soso. En un momento dado, no pudo soportarlo más.

Soltando maldiciones, se vistió de cualquier manera, salió de casa, cogió el coche y se dirigió al bar más cercano. Pero se había olvidado de que los domingos cerraban a las nueve, así que le tocó seguir hasta Vigàta y acercarse al Cafè Castiglione.

En el momento de entrar, se le adelantó un señor gordo de unos cincuenta años que pidió en voz alta a la camarera:

—¡Pamela, un café especial!

—¡Un especial a la Sindona! —apuntó un parroquiano desde una mesa.

—¡O a la Pisciotta, que viene a ser lo mismo! —apuntó otro.

Se rieron todos, menos el comisario y Pamela.

Ésta, porque probablemente no había entendido nada, y Montalbano, porque aquello le sentaba como una patada en los huevos.

El asesinato del banquero Michele Sindona en la cárcel con un café envenenado, como le había sucedido años antes a Gaspare Pisciotta, mano derecha del bandido Salvatore Giuliano, era la noticia del día. Con eso le habían cerrado la boca para siempre al banquero italoamericano, vinculado tanto con la mafia como con media clase política italiana.

Si hubiese hablado, si hubiese revelado todos los apaños entre los bancos, la mafia y los políticos, habría sido peor que un terremoto de máxima intensidad. Así pues, se había recurrido a un sistema no exactamente legal para mantener el secreto de Estado. Y la verdad y la justicia, a callar.

—¿Qué deseaba? —le preguntó Pamela, apática, mientras limpiaba el mostrador con un trapo.

Era una milanesa de veinticinco años que desde hacía seis meses servía en la barra del café. Una rubia sosa y algo pánfila, poquita cosa, de ojos azules sin expresión, como los de una muñeca, claramente con pocas luces, pero agraciada, para compensar, con unos pechos considerables y un culo generoso y despampanante.

Cuando el comisario le pidió una botella de whisky entera se quedó atónita. Abrió la boca con asombro, como si le hubieran pedido un cuarto de la Luna. Miró las repisas que tenía a su espalda, luego a Montalbano, después otra vez las repisas, y por fin dijo:

—De ese whisky sólo me queda un cuarto de botella. Mejor que la pida en la caja.

El cajero miró la hora e hizo una mueca.

—Comisario, estamos a punto de cerrar, son casi las doce. No tengo a nadie para mandar al almacén. Lo siento.

—Pues deme ese cuarto de botella.

El cálculo de lo que costaba resultó bastante complicado. El cajero proponía contar por vasos y el comisario, dividir por cuatro el precio de una botella entera. Después, una vez alcanzado un acuerdo, pagó y volvió a Marinella ya sin las más mínimas ganas de tomar whisky. Dejó la botella encima de la mesa, se fumó otro pitillo mirando el mar y luego se acostó.

Por la mañana, en la comisaría hubo calma chicha. Montalbano se puso a firmar papeles, porque llevaba un atraso tan grande que daba miedo. A la una se fue a almorzar a la *trattoria* de Calogero y luego dio su largo paseíto hasta el final del muelle. Se dijo que si las cosas seguían así, sin nada que hacer, lo mejor sería cogerse unos días de vacaciones e irse a Boccadasse con Livia. De vuelta en la comisaría, se puso a charlar con Augello y Fazio sobre la muerte de Sindona. Quizá Italia estuviera destinada a no cambiar nunca aquellas costumbres tan estupendas, con independencia de que hubiera un gobierno u otro.

Habían dado las cinco cuando sonó el teléfono interno. Era Catarella.

—*Dottori*, parece que estaría in situ el señor Valletta, que querría hablar con usía personalmente en persona.

No conocía a ningún Valletta, pero con Catarella uno nunca podía fiarse de los apellidos.

—Que pase. Vosotros podéis quedaros, si os apetece.

Augello dijo que tenía cosas que hacer, Fazio se quedó.

Por descontado, Valletta se llamaba Barletta, Totò Barletta, y era el nuevo propietario del Cafè Castiglione.

—Estoy preocupado y no sé qué hacer.

—¿Por qué está preocupado?

—Porque Pamela, la chica que atiende en la barra del café, entra a trabajar a las dos y hoy no se ha presentado.

Al comisario el asunto no le pareció grave. ¿Qué podía pasarle a una chica tan anodina como aquélla, que era como si no estuviera?

—Señor Barletta, la muchacha es mayor de edad y, sinceramente, no me parece que tres horas de retraso...

—Pero ¡es que usía no sabe lo puntual y meticulosa que es! ¡No llega ni un minuto tarde! Y, si le surge algún imprevisto, avisa por teléfono. No, señor comisario, tiene que creerme, aquí pasa algo.

—¿Ha probado a llamarla?

—Claro. El teléfono suena, pero no contesta.

—¿Ha mandado a alguien a su casa?

—¡He ido yo mismo! He llamado al timbre y con los nudillos, pero no me ha contestado nadie.

La muchacha parecía estar bien de salud, a juzgar por como la había visto la noche anterior, pero aun así preguntó:

—¿Sufre alguna enfermedad?

—Goza de una salud de hierro.

—¿Tiene alguna amiga?

—No la he oído hablar de ninguna.

—¿Sabe si tiene novio, alguien que...?

—Novio no, pero tiene hombres a punta de pala. Solteros, casados, jovencitos, viejos... No hace distingos, todos le van bien.

—¿Puede explicarse mejor?

—Cambia de hombre cada quince días, como máximo. La media es de uno por semana, vamos. Y no es por dinero, sino porque ella es así. Comprenderá que, a estas alturas, tendría que pedir información sobre Pamela a medio Vigàta. Y para alguno, que a lo mejor tiene familia por ahí, mis preguntas serían un incordio. ¿Me explico?

Montalbano estaba completamente atónito.

¿Cómo podía ser? ¿Aquella rubia sosa, atontada, sin personalidad, que siempre parecía medio adormilada, era una auténtica devoradora de hombres? Costaba de creer.

—¿Ha tenido alguna discusión con usted?

—¿Conmigo? ¿Y eso por qué?

—Como es su jefe...

—No hemos tenido nunca ninguna discusión.

—¿Tiene idea del motivo de su ausencia?

—Si la tuviera, ahora mismo se la diría.

Montalbano decidió concluir la conversación.

—Mire, tal como están las cosas me parece que empezar a hacer pesquisas es como mínimo prematuro. Vamos a dejarlo así: si la muchacha no ha dado señales de vida antes de las doce de la noche, mañana por la mañana vuelve usted por aquí y vemos qué hacemos.

Barletta se marchó más desconcertado que convencido.

—¿Tú sabes algo de esa chica? —le preguntó Montalbano a Fazio.

—Lo mismo que le ha contado Barletta.

—Pues explícame qué le ven.

—*Dottore*, por lo visto en la cama es como una muñeca hinchable, sólo que viva. Nunca rechaza a nadie, pero se cansa enseguida. Y cuando le dice que no a alguien es que no, se acabó y no hay tu tía.

—¿Es verdad que no lo hace por dinero?

—A ver si nos entendemos, jefe. No acepta dinero en efectivo, eso es verdad, dice que lo hace por placer personal. Pero los regalos no los rechaza. Se dice que tiene dos cajas de seguridad en la Banca dell'Isola. Ésa en Vigàta ha encontrado una mina de oro.

—Pero esa forma de comportarse, ese aquí te pillo aquí te mato, ¿nunca ha provocado riñas entre sus pretendientes?

—Alguna cosa sí ha habido. Al que la chica tira como si fuera un clínex usado no le hace gracia, claro, pero nunca ha pasado nada grave. O si ha pasado yo no me he enterado.

—En tu opinión, ¿qué puede haberle sucedido?

—Podría ser una escapada amorosa de uno o dos días. A lo mejor ha dado con uno que le ha hecho perder la cabeza. A veces a las mujeres así les pasa eso.

En cuanto Montalbano entró en la comisaría, poco después de las ocho de la mañana, Catarella lo avisó de que el señor Valletta lo esperaba desde hacía media hora.

—¿Está Fazio?

—Sí, señor, se encuentra in situ, que quiere decir que está en este sitio.

—Dile que vaya a mi despacho y haz pasar también a Barletta.

Entraron al mismo tiempo. Barletta tenía cara de preocupación y llevaba unas hojas en la mano.

—No ha dado señales de vida —anunció, desconsolado.

—¿Quiere denunciar su desaparición?

—Desde luego. He traído los papeles.

—¿Qué papeles?

—El contrato que firmó conmigo, la fotocopia de su carnet de identidad... Pamela no se llama «Pamela», sino «Ernesta».

—Bueno, vaya con Fazio para interponer la denuncia. Luego nos vemos aquí para ir a casa de Pamela, o de Ernesta, o de comoquiera que se llame.

Después de enviudar, y teniendo que apañárselas con una pensión escasa, Rosalia Insalaco, una sesentona gorda como un tonel y más enjoyada que la Virgen de Pompeya, había tenido la genial idea de dividir en dos pisos la casa de las afueras en la que vivía y alquilar uno de ellos.

Esa segunda vivienda tenía una entrada independiente, situada en la parte trasera.

—Pamela quiso que la otra copia de la llave la guardara yo. Sabía que no soy una entrometida —proclamó la viuda.

Montalbano se habría jugado los huevos a que, en cuanto Pamela salía de casa, la señora se lanzaba de cabeza a inspeccionar el piso, sin olvidarse siquiera de la ropa interior de la muchacha.

—Pero usted, pese a su discreción, no podía evitar oír si Pamela estaba en casa, ¿verdad?

—¿Qué quiere que le diga, comisario? Aunque no quisiera, la oía hasta respirar.

—¿Cuánto tiempo hace que no pasa por aquí?

—Dos noches. Estoy más que segura. Silencio absoluto, ni el más mínimo susurro.

—Ahora deme la llave. Luego se la devuelvo.

Barletta se levantó para seguirlo.

—No, usted quédese a hacerle compañía a la señora.

Había un recibidor minúsculo, con un arquito donde empezaba un pasillo largo con cinco puertas, tres a mano izquierda y dos a mano derecha. Cocina, baño, un gran trastero, dormitorio, sala de estar. Todo estaba impoluto: los suelos parecían espejos y, en la cocina, las ollas y los platos estaban como si nadie los hubiera estrenado.

Lo más interesante lo encontraron Montalbano y Fazio en la habitación, donde, además de la amplia cama de matrimonio con sus correspondientes mesillas de noche a los lados y un televisor provisto de reproductor de vídeo pero sin ninguna cinta, había un gran armario. Pamela poseía una cantidad increíble de sostenes y bragas, todo caro y provocador, con predominio del negro.

Sin embargo, el auténtico hallazgo estaba dentro de uno de los cuatro cajones del armario, cerrado con un candado, que a Fazio no le costó abrir.

Había ocho agendas, la última de ellas del año en curso.

Con la meticulosidad de un contable, Pamela anotaba el nombre del amante de la semana o de la quincena en cuestión. Y el día del primer encuentro apuntaba también su número de teléfono.

Hacía constar incluso los regalos recibidos. Una pulsera, unos pendientes, un collar...

—¿Quiere mirar todas las agendas? —preguntó Fazio.

Pero a Montalbano el pasado amoroso de la muchacha no le interesaba.

—No, me llevo únicamente la de este año. Pamela sólo lleva seis meses en Vigàta.

—Aquí me parece que no hay nada más que ver.

Volvieron a la otra parte de la casa.

Dos

—¿Han encontrado algo? —preguntó Barletta, ansioso, nada más verlos aparecer.

—Nada de nada —contestó Montalbano, que no veía por qué tenía que rendirle cuentas de todo.

Sin embargo, detectó un gesto de sorpresa en la viuda, que sin duda estaba al tanto de la existencia de las agendas en el armario. Y hasta podría jurar que había abierto el candado y las había repasado todas, página por página.

—Señora Insalaco, ¿Pamela tiene señora de la limpieza?

—Sí, señor, se la busqué yo. Una mujer de la más absoluta confianza. Se llama Agata Gioeli. Ella también tiene llaves de casa. Viene todas las mañanas, de once a dos. Hasta nos prepara la comida, y cuando Pamela se levanta, siempre hacia las doce, le arregla el dormitorio. Fue precisamente Agata la que vino ayer a confirmarme que la muchacha no había pasado la noche aquí, porque se había encontrado la cama intacta.

—¿Era la primera vez que ocurría?

—Sí, señor.

—Y, por lo general, ¿cómo encontraba la cama? —preguntó Montalbano con malicia.

—Si quiere, podemos hablar del tema —replicó la viuda con una sonrisa ladeada.

—Otro día. Entonces, Agata llegará dentro de poco, ¿no?

—Sí, señor.

—Dígale que pase por comisaría. Ah, ¿Pamela tiene coche?

El que contestó fue Barletta:

—¿Y para qué iba a querer un coche? De aquí al café se tarda un cuarto de hora a pie.

—Además, casi todas las noches había alguien que la traía —añadió la viuda.

—¿Usted los oía llegar y marcharse?

—Claro. Pero tampoco es que se fueran al momento.

—¿Cuánto tardaban?

—Dependía. Una hora, dos horas, tres horas, a veces cuatro...

La señora se tomaba en serio lo de escuchar todo lo que hacía Pamela.

—Entendido. De eso ya hablaremos, si hace falta. Hasta luego y gracias por su colaboración.

—¿Y yo qué hago? —quiso saber Barletta a la salida.

—Si hay novedades, lo informaremos —contestó el comisario.

De la consulta de la agenda se deducía que el amante de la noche del domingo al lunes se llamaba Carlo Puma, mientras que el que tenía que tomar posesión la noche del lunes al martes era un tal Enrico de Caro. Pamela había anotado los teléfonos de ambos.

El comisario decidió dejar pasar algo de tiempo antes de molestarlos. Mejor ir con pies de plomo. Si resultaba que, como era de esperar, la chica reaparecía al cabo de unos días, no quería haber montado un follón para nada.

Agata, la asistenta, era una mujer de unos cincuenta años, delgada y alta, de ojos astutos y facilidad para darle a la sin hueso. Montalbano quiso que Fazio estuviera presente en la conversación.

—Por lo que sabemos, a la señorita Pamela no le gusta dormir sola por las noches —empezó el comisario con diplomacia.

Agata echó la cabeza hacia atrás y soltó una carcajada que parecía el relincho de un caballo.

—¿Dormir por las noches? ¿Lo dice en broma? ¡Por las noches la *siñorita* no dormía, no le entraba el sueño hasta que salía el sol!

—¿Y usted cómo lo sabe? No estaba delante.

—¡Anda, lo que me faltaba, estar delante! ¡Cuando por fin se levantaba, yo me metía en su cuarto y aquello era como un campo de batalla! Por ejemplo, había veces que lo hacían encima del *sumier*, tirando el colchón al suelo, otras veces movían la cama para ponerla delante del espejo del armario, otras lo que movían era el armario, luego había noches que les daba por lo de la tele...

—¿Qué es lo de la tele? —preguntaron el comisario y Fazio al unísono.

Se les había ocurrido lo mismo: ¿no sería que Pamela grababa sus hazañas atléticas?

—Se veían por la tele *pilículas* que tenía ella, donde salían hombres y mujeres follando sin parar.

Fazio intercambió una mirada rápida con Montalbano.

—¿Y por qué no hemos encontrado esas películas? —le preguntó el inspector.

—Porque la *siñorita* hace justamente diez días se las vendió a uno que le dio su buen dinero —contestó Agata—. Estaba yo delante.

—¿Y sabe quién era?

—Sí, *siñor*, don Giuseppe Cosentino.

—¿Usted tiene el teléfono o la dirección de ese hombre?

—No, *siñor*.

Montalbano hojeó la agenda de Pamela y tuvo un golpe de suerte. Encontró el nombre y el número de teléfono de Cosentino. Y al lado una anotación: «Vídeos.»

Sin embargo, la asistenta aún no había terminado el informe de cómo encontraba la casa por las mañanas:

—¡Y no les bastaba con el dormitorio! ¡No, *siñor*! ¡Tenían que hacerlo en la *bañiera*! ¡Debajo de la ducha, para ponerlo todo *pirdido*! ¡En los dos sofás de la sala de estar! ¡Y alguna que otra vez, créame que es verdad, hasta subidos a la mesa de la cocina! Ahí estaban, comiendo algo, y si les entraban ganas tiraban al suelo el mantel con todo lo que hubiera *incima* y...

—Perdone —la interrumpió Montalbano—, pero ¿la señorita le ha contado alguna vez si había discutido con alguno de sus amigos nocturnos?

—¡Huy, a mí me lo iba a contar! Yo era la asistenta, a mí no me hacía confidencias.

—Cuando usted estaba en casa, ¿la señorita recibía llamadas telefónicas?

—Alguna que otra vez.

—¿Por casualidad no oiría si...?

Agata Gioeli soltó su risa de caballo.

—Comisario mío, el *tilífono* sonaba y sonaba, pero ella no lo cogía ni quería tampoco que lo cogiera yo.

—¿Y eso por qué?

—¡Porque era un cadáver andante! Daba vueltas por toda la casa, con las manos por delante, como una *sunámbula*. ¡Iba atontada por la falta de sueño y por tantos polvos! ¡No conseguía mover la lengua hasta que se tomaba como mínimo cinco cafés!

—¿A usted se le ocurre por qué puede haber desaparecido?

—Ni idea. Yo sólo sé una cosa: me juego la paga del mes a que ésa por aquí no vuelve.

• • •

Cuando Agata se hubo marchado, Fazio hizo una observación filosófica:

—En resumen, estamos ante una chica que, a pesar de tener mil historias, no tiene ninguna.

—Has dado en el clavo. Hasta el punto de que no sabemos siquiera si se ha largado por voluntad propia o la han hecho desaparecer. En fin, vamos a empezar a pasar de las palabras a los hechos.

Volvió a consultar la agenda, conectó el altavoz y marcó un número.

—¿Diga?

—¿El señor Giuseppe Cosentino?

—Sí. ¿Con quién hablo?

—Soy el comisario Montalbano.

—Ah.

Una pausa.

—¿No puede hablar?

—Estoy en una reunión.

—¿Intuye el motivo de mi llamada?

—Sí. Pero perdone, en este momento no puedo... Estoy con su ilustrísima el obispo, que...

—Una sola pregunta. ¿Fue usted quien compró los vídeos privados de la chica que ya sabe?

—Sí.

—Muchas gracias.

Y cortó la comunicación.

—Se confirma lo que nos ha contado Agata. Como ves, nos movemos por terreno resbaladizo y quizá peligroso. Puede que entre los que pasaron su semanita con Pamela hubiera algún personaje influyente. Habría que...

Lo interrumpió el teléfono interno.

—*Dottori*, in situ parece que estaría el señor Fuma, que dice que querría hablar con usía personalmente en persona.

—Espera un momento —pidió el comisario, y se volvió hacia Fazio—. ¿Tú conoces a un tal Fuma?

—No, jefe.

—Pregúntale de qué quiere hablar conmigo —ordenó Montalbano a Catarella.

Pasó un rato y luego volvió a oírse la voz del recepcionista:

—*Dottori*, a mí no me lo ha querido decir. Dice que se lo dice a usía por *tilífono* si yo no me acerco.

—Muy bien.

Al cabo de un momento se oyó una voz masculina ahogada:

—Soy Carlo Puma. Quiero hablarle de Pamela.

—Pase ahora mismo —contestó el comisario, y le explicó a Fazio—: Es Carlo Puma, el último amante de Pamela.

Se trataba de un hombre de unos cuarenta y cinco años, distinguido y con buenos modales, pero era evidente que estaba nervioso y alterado.

—Siéntese y cuénteme.

Puma miró a Fazio y luego al comisario.

—Me gustaría hablarle en privado.

—Lo siento, señor Puma, pero mi colaborador Fazio se queda. Si no le parece bien, puede irse.

El hombre permaneció sentado, pero se secó el sudor de la frente con un pañuelo.

—Me cuesta... He venido voluntariamente para evitar que de mí... Soy concejal y presidente de la Asociación de Comerciantes y no me gustaría que...

—¿Quiere que le eche una mano? —preguntó Montalbano.

—¿Cómo?

—Por ejemplo, diciendo que a usted le tocaba pasar con Pamela la noche entre el domingo y el lunes, que iba a ser la última, tras las seis precedentes.

Puma estuvo a punto de caerse de la silla. Se había quedado con la boca abierta, tratando de recuperar el aliento, que le faltaba.

—¿Có...? ¿Cómo se... ha enterado?

Montalbano le enseñó la agenda.

—Pamela anotaba los nombres de sus amantes y su número de teléfono.

—¡Santo cielo! —exclamó Puma con una especie de gemido.

—Hábleme del domingo por la noche —dijo Montalbano.

Con un esfuerzo evidente, el hombre consiguió tranquilizarse un poco.

—Desde la primera vez, había acordado con Pamela que la esperaría hacia las doce y cuarto de la noche dentro del coche, en un callejón, el vicolo Caruana. Cuando ella pasara por allí, me bajaría y la seguiría a pie.

—¿Por qué no la esperaba aparcado delante del portal?

—Pamela me había dicho que su casera, que es una metomentodo, a menudo apuntaba las matrículas de los coches de sus acompañantes.

—Entendido. Siga.

—El domingo llegué al callejón a las doce. Le llevaba un regalito.

—¿Qué era?

—Una pulsera bastante... cara. La esperé hasta la una. Me preocupé, porque siempre era tan cumplidora y tan puntual... Entonces arranqué, pasé por delante de su casa y no vi ninguna luz. Bajé, llamé y no contestó nadie. Me fui al café, pero estaba cerrado. Y eso es todo. Y ayer por la noche me enteré de que había desaparecido.

—¿Por casualidad no le hablaría Pamela de algún conflicto con uno de sus ex amantes?

Puma se puso rojo como un tomate.

—Es que no hablábamos mucho... ¿Sabe usted? Sólo podía quedarme con ella el tiempo indispensable, luego tenía que volver a casa a una hora prudente, porque si no mi mujer...

—Ya. Si no tiene nada más que contarme...

—Si fuera posible que mi nombre no...

—Trataré de mantenerlo al margen.

Después de que Puma se hubiese marchado, la valoración de Fazio fue negativa:

—No ha aportado ninguna novedad.

—Sin embargo, ha apuntado una idea de la que puede salir una pregunta. ¿Cuántas calles hay del café a casa de Pamela? Puma no la vio pasar por el vicolo Caruana, pero ¿hay otro camino? ¿No podría ser que la chica no tuviera ganas de verlo y diera un rodeo? ¿Y no podría ser también que no llegara siquiera al callejón?

—¿Por qué no vamos a dar una vuelta? —propuso Fazio.

Montalbano se apuntó.

Tres

Antes de salir de la comisaría, Fazio llamó a Barletta para que le explicara con detalle el camino que solía tomar Pamela para ir al café y volver a su casa.

Luego salieron los dos y lo recorrieron paso a paso, siguiendo las indicaciones recibidas. Calcularon que se tardaban unos veinte minutos.

Además de por el vicolo Caruana, la joven podía llegar a su casa pasando por otro, aunque desde hacía cinco días estaba cerrado por un extremo, tanto a los peatones como al tráfico, debido a obras en el alcantarillado.

Así pues, sin duda, aquella noche, al salir del café, Pamela había recorrido veinte metros por el Corso y luego había girado a mano derecha, probablemente había tomado por la salita Gómez, luego había cruzado el viale della Vittoria y había recorrido la via Indipendenza, pero desde luego no había llegado a girar otra vez a la derecha para entrar en el vicolo Caruana.

Montalbano quiso ir al café para hacerle más preguntas a Barletta.

—El domingo, cuando cerraron, ¿quiénes fueron los últimos en salir del local?

—No lo sé, porque no estaba. Puede preguntárselo al cajero —contestó el hombre, mientras se sentaba.

El cajero no vaciló.

—Los de siempre. Pamela, Pitrino, que es el camarero, y yo, que subo y bajo las persianas.

—¿Había alguien fuera esperando a Pamela?

—Aquí delante no, señor. Aunque tendría que preguntárselo a Pitrino, que aquella noche la acompañó un trecho.

El camarero, un individuo delgado, de unos setenta años, con gafas de culo de botella, declaró que, como vivía en mitad de la salita Gómez, había recorrido esa parte del camino con la muchacha. No era la primera vez que lo hacía, si bien, con frecuencia, a Pamela la esperaba alguien con coche y no le hacía falta su compañía. No, por el camino no la había abordado nadie.

Llegados a ese punto, el comisario le planteó una pregunta rutinaria:

—¿Y de qué humor estaba Pamela?

Y recibió una respuesta que fue, como suele decirse, un golpe de efecto:

—No la vi como todos los días. Bueno, para ser sincero, nunca la había visto tan nerviosa. Se daba la vuelta constantemente para mirar hacia atrás, como si temiera que la siguieran, y cuando alguien pasó a su lado me agarró el brazo y noté que temblaba...

Montalbano volvió corriendo a ver al cajero.

—Trate de responder con exactitud a mi pregunta. Durante la tarde y la noche del domingo, ¿sucedió algo que pudiera haber alterado a Pamela?

—Nada en absoluto.

—Una discusión con un cliente, una contestación grosera...

—Nada de nada.

—Présteme atención: el camarero afirma que, al salir de aquí, Pamela estaba nerviosísima.

—¡Ah! —exclamó el cajero—. Puede que fuera la llamada.

—¿La llamó alguien?

—El teléfono, como ve usía, está aquí, en la caja. Por eso contesto yo. Sonó cuando ya se habían ido todos los clientes. Una voz de hombre me dijo que quería hablar con Pamela. Pitrino y yo salimos para bajar las dos primeras persianas. Cuando volví a entrar, la chica estaba colgando.

—O sea que fue una llamada larga.

—Pues sí.

—Suponiendo que la hayan secuestrado —dijo Montalbano—, el secuestrador tendría que ser, sin duda, alguien que conocía bien el camino que hacía la chica cuando volvía a pie. Y estoy convencido de que tuvo que abordarla cuando estaba a punto de cruzar el viale della Vittoria, que es ancho y permite el paso de coches.

—El problema no es dónde, sino por qué —replicó Fazio—. Y puede que la explicación de todo esté en esa llamada.

—Si conseguimos intuir un móvil, sería un buen avance —reconoció el comisario.

Se quedaron pensativos unos instantes. Luego Montalbano tuvo una idea.

—Coge la agenda de Pamela y transcribe todos los nombres y teléfonos que salen. A ver si entre toda esa gente hay algún mafioso o alguien que haya tenido un encontronazo con la justicia.

—¿Y si lo encuentro?

—Si lo encuentras, me lo dices.

—¿Y cuando ya se lo haya dicho?

—Oye, Fazio, ¿tú qué quieres, tocarme los cojones? Cuando andas a oscuras, como nos pasa ahora, hasta la luz de una cerilla puede venir bien. Y, ya que estamos, vamos a seguir. Pon el altavoz y llámame a Barletta.

»¿Señor Barletta? Teniendo en cuenta que ha presentado una denuncia formal por la desaparición de Pamela, ¿por qué no pide ayuda a Televigàta o a Retelibera y les da la foto que sale en su carnet de identidad? ¿Le parece buena idea? ¿Sí? Pues dese prisa, así sacarán la noticia en el informativo de la noche.

Colgó y se dirigió a Fazio:

—El último nombre de la agenda es el de Enrico de Caro, el amante pendiente. Llámalo y dile que venga aquí mañana a las nueve.

Cuando llegó a la comisaría, Fazio le dijo que De Caro pedía mil perdones, pero por la mañana tenía un compromiso ineludible, así que iría después de comer.

Apenas había acabado de hablar el inspector cuando sonó el teléfono.

—*Dottori*, en la línea parece que tengo al *siñor* Pirtuso, que querría hablar con usía...

—¿Personalmente en persona?

—Sí, *siñor*. ¿Cómo lo ha adivinado?

—Déjalo. Oye, ¿yo conozco a ese tal Pirtuso?

—Pero ¿cómo no lo va a conocer, *dottori*? ¡Si es el director de la Banca dell'Isola!

—¡Ese señor se llama Verruso y no Pirtuso!

—Pues eso. ¿Qué le he dicho yo? Pirtuso.

—Pásamelo —ordenó Montalbano, y conectó el altavoz—. Buenos días, director. Dígame.

—Siento no poder ir a verlo, pero tengo que hablar con usted urgentemente.

—¿De qué se trata?

—De esa chica que ha desaparecido, la del café.

—Vamos ahora mismo.

• • •

El director Verruso, todo él zalamerías y ceremonias, los hizo pasar a su despacho y cerró la puerta.

—Iré directamente al grano. Anoche, en el último informativo de Televigàta, me enteré de la desaparición de esa señorita, Ernesta Bianchi, que se hace llamar «Pamela». Es... era clienta nuestra. ¿Ha habido novedades desde ayer?

—Ninguna.

—Si lo he entendido bien, la desaparición se produjo la noche del domingo al lunes, ¿no?

—Exacto —contestó Montalbano.

—Eso no es posible —contestó el director.

—¿Por qué no?

—Porque el lunes a las ocho de la mañana, que es la hora de apertura, la señorita vino aquí, al banco.

Montalbano y Fazio se miraron.

—¿Para qué? —preguntó el comisario.

—Ya le he dicho que era clienta. Tenía una cuenta corriente y dos cajas de seguridad con nosotros.

—¿Sacó dinero?

—Sí. Vamos, lo sacó todo, cerró la cuenta. También las dos cajas. Llevaba una maleta de tamaño medio y lo metió todo dentro.

—¿Puede decirme qué saldo tenía en la cuenta?

—No, lo siento. Sólo puedo decirle que Barletta le pagaba bien, que se sacaba muy buenas propinas y que era muy ahorradora.

—¿Le contó el motivo por que el que cerraba la cuenta y las cajas?

—Mencionó de pasada un fallecimiento inesperado que la obligaba a volver a Milán, pero...

—Pero... —lo animó Montalbano.

—No me gustaría... Es una impresión mía sin... Bueno, me pareció muy asustada, mucho.

—Ahora está claro que se trata de una desaparición voluntaria —apuntó Fazio, ya de camino a la comisaría.

—Más que una desaparición, ha sido una huida —replicó Montalbano—. Y sin duda la provocó la llamada que recibió en el momento de cerrar el café. Es evidente que el hombre del teléfono la amenazó hasta el punto de que Pamela decidió salir por piernas a la primera de cambio.

—¿Y dónde pasaría la noche? —se preguntó Fazio.

—Si empezamos con las preguntas va a ser el cuento de nunca acabar —contestó el comisario—. ¿Tú no dijiste que era una chica sin historia? Te equivocabas de medio a medio, porque tiene historia a base de bien, y complicada. Lo que pasa es que no sabemos interpretarla.

Catarella lo asaltó nada más verlo entrar.

—¡Ah, *dottori*! Tres veces ha llamado el *siñor* Disconsolato, que quería hablar con usía urgentísimamente con mucha urgencia.

—Muy bien. Si vuelve a llamar me lo pasas.

Acababan de sentarse cuando sonó el teléfono.

—¿Es usted el comisario Montalbano?

—Sí.

—Me llamo Mario Consolato.

—Dígame.

—Mire, no me gustaría que hubiera equívocos. ¡Yo soy una buena persona, un buen padre de familia, un comerciante honrado, nunca he tenido líos con la ley!

—Me alegro.

—Por eso no me gustaría que la gente creyera que si conocía a esa chica era porque... Bueno, porque iba detrás de algo.

—¿De qué chica me está hablando?

—De Pamela.

—Cuéntemelo todo.

—Yo vivo en Montereale, pero voy casi todos los días a Vigàta. Por las noticias me he enterado de que esa tal Pamela, la del Cafè Castiglione, desapareció el domingo por la noche. ¿Es cierto?

—Eso dicen.

—Pues que lo vayan desdiciendo, porque yo el lunes por la mañana, hacia las nueve y media, la llevé en coche.

—Empiece por el principio.

—Desde el principio se lo cuento. Como le decía, vivo en Montereale. El lunes por la mañana, como tenía que ir a Montelusa, pasé por Vigàta y, cuando estaba en el Corso, a dos pasos del Banco dell'Isola, serían como mucho las nueve y media, ya le digo, vi a Pamela, que se dirigía hacia la parada de taxis con una maleta. Paré y le pregunté si quería que la llevara a Montelusa. Me dijo que sí y subió al coche. Cuando llegamos, me pidió que la dejara en la estación.

—¿Por el camino le explicó por qué se iba de Vigàta?

—No abrió la boca, comisario. Sólo para darme las gracias y despedirse.

—¿Estaba nerviosa, preocupada?

—Aterrorizada, comisario, hasta el punto de que le pregunté qué le habían hecho, pero no me contestó.

—¿Qué trenes salen hacia las diez de la mañana? —se preguntó Fazio.

—Llama a ver.

La respuesta fue que a las diez y cuarto salía un tren hacia Palermo.

—Si ese tren hubiera ido a Estambul, lo habría cogido igual —comentó el comisario—. Para ella, lo importante era irse de Vigàta lo antes posible y llegar lo más lejos posible.

—Pero ¿qué puede haber hecho tan peligroso para que una llamada la asustara de esa forma?

—Seguro que tiene que ver con sus encuentros nocturnos. Por cierto, ¿ya has preparado esa lista?

—Aún no.

—Date prisa.

Fazio se encogió de hombros.

—¿A qué viene tanta urgencia? Total, no creo que volvamos a oír hablar de esa chica.

—¿Tan seguro estás? En fin, por la tarde vendrá a vernos ese De Caro.

Cuatro

Ya casi habían dado las siete cuando se presentó Enrico de Caro, un treintañero bien vestido, bastante simpático, despierto, inteligente y nada sorprendido por la convocatoria.

—Les pido disculpas por llegar tan tarde, pero como soy secretario político del partido...

Montalbano lo interrumpió.

—Soy yo quien tiene que darle las gracias por haber venido. ¿Sabe por qué quería verlo?

—Comisario, la única explicación posible es que me tocaba ser el compañero de noche de Pamela a partir del lunes. ¿Es eso?

—Sí.

—Pero acláreme una duda: ¿ustedes cómo se han enterado?

—Pamela lo anotaba todo en una agenda, incluidos nombres, apellidos y números de teléfono.

De Caro no pareció especialmente preocupado.

—¡¿En serio?! ¡Qué tonta!

—Lo más probable es que no tenga nada que contarnos, pero he preferido que nos viéramos de todos modos porque...

La carcajada de De Caro lo interrumpió.

—¡Tengo muchísimas cosas que contarles!

—¿Sobre Pamela?

—¡Pues claro!

—Bueno, adelante.

—Mire, señor comisario, hacía meses que Pamela y yo habíamos acordado que a partir del lunes por la noche iría a su casa, ya que ella no quería venir a la mía, como le había propuesto. Yo vivo solo, ¿sabe? Soy soltero.

—Pero...

—Pero el domingo por la noche, hacia las doce, me llamó para preguntarme si podía venir a mi casa en aquel mismo momento y quedarse a pasar la noche. Fue una grata sorpresa y le contesté que sí. Le pregunté el porqué de aquel cambio de programa y respondió que por teléfono no podía alargarse, que ya me lo contaría todo luego.

—¿Le dijo desde dónde llamaba?

—Desde el Cafè Castiglione.

Fazio y Montalbano cruzaron una mirada. La chica lo había telefoneado justo después de recibir la llamada que le había dado un susto de muerte.

—Al abrirle la puerta me la encontré blanca como el papel, agobiadísima —continuó De Caro—. Una vez dentro, se echó a llorar desesperada. Nunca la había visto así. No sabía qué hacer. Le preparé una manzanilla y al final se tranquilizó un poquito.

—¿Le preguntó qué le había pasado?

—Sí, por supuesto. Pero no me dio una respuesta clara. Se sumía en silencios larguísimos y de vez en cuando decía algo, frases a medias, palabras inconexas, pero sobre todo repetía que ella no había sido.

—¿Que no había sido el qué?

—Bueno, por lo que entendí, la había llamado un hombre, un antiguo amante, que la había amenazado de muerte. Por lo visto iba en serio y le había dicho que tenía las horas contadas.

—¿Le dijo cómo se llamaba?

—No. Aunque sí que era muy capaz de matarla. Me contó que no quería tener nada que ver con ese hombre, que hasta le provocaba rechazo físico, pero que al final había tenido que acostarse con él porque una noche había hecho que la agredieran dos jovenzuelos que incluso la habían dejado desnuda.

—Pero ¿por qué la amenazaba?

—Por lo que se ve, ese individuo había recibido una carta en la que Pamela le pedía diez millones de liras a cambio de su silencio sobre su relación. Al parecer, guardaba una nota muy comprometedora que le había mandado él. Si no pagaba, Pamela amenazaba con destrozarle la vida. Sin embargo, ella me juró y perjuró que no sabía absolutamente nada de ese chantaje. Y me pareció sincera.

—¿Y no podía llamar a ese hombre y explicarse?

—Es lo que le recomendé yo, pero me contestó que sería inútil, que era evidente que estaba convencido de que había sido ella. Entonces le dije que moviera ficha, que para ganarse su confianza le mandara la nota comprometedora. Me aseguró que ya no la tenía, que un día se había dado cuenta, quizá la había tirado, no se acordaba. Luego llegó a la conclusión de que lo único que podía hacer era irse de Vigàta. Le aconsejé que acudiera a la policía, pero no hubo manera de convencerla. Sólo quería huir. Conseguí que se acostara unas horas, pero no pegó ojo. Cuando se hizo de día, fue al baño y le preparé un café; a continuación me pidió una maleta y se la di. Y ya no tengo nada más que contar.

—Bueno, ahora el cuadro ya está completo —dijo Montalbano—, pero nunca sabremos quién era el hombre que la amenazó. En fin. Me da en la nariz que tenías razón, Fazio, no volveremos a oír hablar de Pamela.

Se equivocaba de medio a medio.

• • •

A las ocho y media, una noticia del informativo de Retelibera fue para el comisario como un mazazo en la cabeza.

«Esta tarde, hacia las cinco, un empleado de la compañía ferroviaria que estaba inspeccionando los dos túneles entre las estaciones de Montelusa Alta y Montelusa Bassa, ha descubierto en el segundo de ellos el cadáver de una mujer que en un principio ha confundido con un montón de trapos. La policía, que ha acudido de inmediato al lugar de los hechos, ha creído en un primer momento que podía tratarse de un accidente provocado por un descuido de una viajera que había abierto una puerta del vagón por error, se había caído y había muerto al estamparse contra el balasto. Sin embargo, el médico forense, el *dottor* Pasquano, tras un somero examen ha informado de que la mujer había sido estrangulada antes de caer del tren y que el homicidio se debió de cometer el lunes por la mañana. El hallazgo del bolso de la víctima, a pocos metros del cadáver, ha permitido identificarla. Se trata de Ernesta Bianchi, nacida en Milán hace veintiséis años.

»Se ocupa de la investigación el *dottor* Barresi, jefe de la Brigada de Homicidios.»

Montalbano apagó, se levantó y llamó a Fazio. Comunicaba.

Los nervios que le habían entrado de golpe no le permitían estarse quieto. Dio cinco vueltas alrededor de la mesa y volvió a marcar.

—Fazio, ¿te has enterado?

—Sí, jefe. Acabo de llamar a Montelusa, a un amigo de Homicidios, para preguntarle si al lado del cadáver han encontrado también la maleta.

—¿Y estaba?

—No.

—Ven corriendo a Marinella con la agenda. Ahí está escrito el nombre del asesino.

Fazio debió de ir a ciento ochenta por hora, porque diez minutos después ya llamaba a la puerta.

Se sentaron a la mesa del comedor. Fazio tenía delante una hoja en la que apuntaba los nombres de la agenda que Montalbano iba dictándole.

Al llegar a Michele Turrisi, que había estado con Pamela cuatro meses después de que la muchacha llegara a Vigàta, Fazio soltó una exclamación de asombro.

—Ese nombre no me lo esperaba.

—¿Por qué?

—Turrisi era sicario de los Sinagra, pero ha hecho carrera y ha acabado de contable de la familia. Está casado con la nieta de Agostino Sinagra.

—Vamos a seguir.

Al final, concluyeron que la persona a la que más daño podía hacerle un chantaje de Pamela era precisamente Michele Turrisi, al que los Sinagra habrían hecho pagar muy cara una traición conyugal. Y, como había dicho la pobre Pamela, era un sujeto que no se lo pensaba dos veces antes de matar.

—¿Qué hacemos? —preguntó Fazio.

—Ahora verás —dijo Montalbano, y empezó a vestirse otra vez para salir.

—¿Quiere ir a ver a Turrisi?

—¡Qué dices, hombre! ¿Has venido con un coche patrulla?

—Sí, jefe. Pero ¿usía qué idea tiene?

—Creo que lo he entendido todo. Estoy más que convencido de que esa carta de chantaje no la mandó Pamela.

—¿Y quién fue?

—¿Te acuerdas de por qué Carlo Puma no aparcaba delante del portal de Pamela?

—No, jefe.

—Porque Rosalia Insalaco, la casera, de vez en cuando apuntaba la matrícula del coche de alguno de los amiguitos de Pamela.

—¡Es verdad! —exclamó Fazio, dándose un manotazo en la frente.

—Ahora pongamos por caso que la señora apunta una matrícula al azar, se entera de que el coche es de un tal Michele Turrisi y le manda una estupenda carta de chantaje haciéndose pasar por Pamela. Sólo que la señora Insalaco es tonta del culo y mete la pata hasta el fondo. No sabe con quién se ha topado.

—¿Y usía cómo piensa actuar?

—Haciendo que se asuste igual que se asustó Pamela, pero de otra forma.

—¿Qué va a contarle?

—Improvisaré según de qué pie cojee. Dame su número de teléfono. —Puso el altavoz y, en cuanto la viuda contestó, habló resoplando y jadeando—: ¿Señora Insalaco? Soy el comisario Montalbano.

—¡Ya me estaba durmiendo!

—¡No, por el amor de Dios! ¡Trate de estar todo lo despierta que pueda! ¡Por su propio bien! ¿Ha oído lo de Pamela en la televisión?

—Yo en la tele sólo veo películas.

—¿No? Muy bien, señora, escúcheme con atención y haga todo lo que voy a decirle. Le va la vida en ello. La vida, ¿entendido?

—¡¿La vida?! Pero ¿qué ha pasado? ¿Qué es todo esto? ¡Ay, Señor bendito! ¡Ay, almas santas del purgatorio! ¿Qué ha pasado?

—A Pamela la secuestró un mafioso, un asesino sanguinario, un tal Michele Turrisi, que por lo visto creía que la pobre quería hacerle chantaje, cosa que no era verdad. Ella ha conseguido convencerlo de lo contrario y, cuando Turrisi la ha soltado, ha acudido a nosotros. Nos ha dicho que ahora Turrisi está seguro de que la carta de chantaje se la mandó usted, señora Insalaco, y que va hacia su casa para matarla.

—¡Ay, Virgen santa! ¡Perdida estoy! ¡Muerta! ¡Socorro! ¡Jesús, María y José, sed la salvación del alma mía! ¡Esto es mi fin!

—No, señora, no grite, no llore, escúcheme. No le abra la puerta a nadie, prepare una maleta pequeña con pocas cosas y dentro de un cuarto de hora estamos allí y nos encargamos de llevarla a un sitio donde esté a salvo.

—¡Vengan corriendo, se lo pido por favor! ¡Ay, madre santa, ayúdame tú!

—Ah, y coja la nota que le mandó Turrisi a Pamela. Trate de tranquilizarse, haga lo que le he dicho y nos ocuparemos de que no corra ningún peligro. Y se lo repito, no le abra la puerta a nadie más que a mí.

Y colgó.

—Y ahora viene la segunda parte de la comedia. Tenemos que llegar a casa de la Insalaco a toda pastilla, con la sirena a tope y pegando un frenazo. Bajamos pistola en mano y, en cuanto abra, tú la agarras y la metes en el coche, yo le cojo la maleta y cierro la puerta.

—¿Y adónde la llevamos?

—A comisaría.

Las cosas no sucedieron exactamente así, ya que, en cuanto abrió la puerta y vio al comisario, la viuda se cayó al suelo redonda a causa de la tensión. Tuvieron que cargarla entre los dos para meterla en el coche. Una vez en la comisaría, siguió llorando desesperada. Montalbano decidió apretarle las tuercas y le contó un montón de historias de Turrisi, dignas de una película de terror, que iba inventándose sobre la marcha.

Al final, Rosalia Insalaco confesó que la carta la había escrito ella.

Y entregó a Montalbano la nota que había encontrado entre los papeles de Pamela y que le había robado.

Decía:

Para Pamela, este collar en recuerdo de las noches de amor que hemos pasado juntos.

Michele Turrisi

El comisario se la metió en el bolsillo y le dijo a Fazio:

—Acompaña a la señora a tu despacho. Yo tengo que hacer una llamada.

Marcó un número de la jefatura provincial de Montelusa.

—¿Barresi? Soy Montalbano. Si te vienes para aquí, a Vigàta, te cuento quién ha matado a Ernesta Bianchi y por qué. Ha sido un doble error. No, no es broma. E intenta darte prisa, que estoy un poco cansado.

La transacción

Uno

Montalbano no podía más, estaba hasta la coronilla. Primero miró el reloj (quedaba poco para las cinco y veinte de la tarde) y luego miró a Augello y a Fazio, que estaban sentados al otro lado de su mesa, también muertos de asco.

—Muchachos —empezó a decir el comisario—, hace dos horas y pico que hablamos del asunto este de los turnos de noche sin llegar a una solución, así que voy a haceros una buena propuesta.

Sin embargo, no tuvo tiempo de plantear esa buena propuesta que tenía pensada, porque una bomba, lanzada sin duda alguna desde la calle por la ventana abierta, explotó dentro del despacho y los dejó sordos.

O, mejor dicho, ésa fue la terrible impresión que tuvieron los tres. Fazio se cayó de la silla, Augello se echó hacia delante y se cubrió la cabeza con las manos, y Montalbano se encontró de rodillas detrás de la mesa.

—¿Hay algún herido? —preguntó el comisario un instante después.

—Yo no —contestó Augello.

—Yo tampoco —añadió Fazio.

Entonces enmudecieron.

Y es que, mientras hablaban, se habían dado cuenta de que aquel estrépito espantoso no lo había provocado una bomba, sino la puerta del despacho, que había ido a estamparse contra la pared.

Allí, en el umbral, estaba Catarella, que en esa ocasión no pidió *comprinsión* y *pirdón*, y tampoco se justificó diciendo que se le había ido la mano.

Estaba rojo como un tomate, temblaba de pies a cabeza y tenía los ojos como platos, hasta el punto de que parecía que se le iban a salir de las órbitas.

—*¡Landispaparadoalpaparo!* —chilló con una voz que le salió muy aguda, casi como la sirena de un coche patrulla.

Y luego se echó a llorar desesperado.

Ninguno de los tres, todavía aturdidos por el porrazo, entendió nada, pero estaba claro que había sucedido algo grave.

Montalbano se le acercó, le pasó un brazo por los hombros y le habló en tono paternal:

—Venga, Catarè, no te lo tomes así.

Mientras, Fazio había llevado un vaso lleno de agua. El comisario se lo dio a beber a Catarella, que parecía que se había calmado un poco.

—Siéntate —le ofreció el inspector, señalándole su silla.

Catarella contestó que no con la cabeza. Nunca se habría sentado delante de Montalbano.

—Habla muy despacito y cuéntanos qué ha pasado —le pidió Augello.

—Le han disparado al papa —dijo Catarella.

Lo había dicho clarísimamente. Fueron ellos los que no lo entendieron o no se creyeron lo que habían entendido.

—¡¿Qué has dicho?! —preguntó Montalbano.

—Que le han disparado al papa —confirmó Catarella.

Durante unos segundos los tres se quedaron boquiabiertos. No era posible que alguien le hubiera disparado al papa, era inconcebible, y, en consecuencia, su cerebro se negaba a procesar la noticia.

—Pero ¿tú de dónde has sacado eso? —preguntó el comisario.

—Lo ha dicho la radio.

Sin mediar palabra, salieron a toda pastilla hacia el despacho de Augello, donde había un televisor. El subcomisario lo encendió. Un periodista estaba explicando que, mientras Juan Pablo II saludaba a los fieles en la plaza de San Pedro, de pie en su coche, lo habían alcanzado dos disparos que lo habían herido en el índice de la mano izquierda y en el intestino. Esa segunda lesión era muy grave. El papa había sido trasladado al Policlínico Gemelli. El autor del atentado, que había tratado de huir pero había sido detenido por la gente, era un turco de veintitrés años llamado Alí Agca, que pertenecía a una peligrosa organización nacionalista, los Lobos Grises.

Estuvieron hasta las siete y media pegados a la pantalla del televisor para enterarse de algo más, pero únicamente informaron de que el papa se debatía entre la vida y la muerte.

—¿Usía entiende algo? —le preguntó Fazio a Montalbano.

—Nada de nada, pero me parece un mal año. Entre la mafia, la logia masónica P2, el caso del banquero Sindona y la negociación con la camorra en Nápoles para la liberación de Ciro Cirillo... Y ahora ese turco va y le pega dos tiros al papa...

—Tal vez sea una venganza del KGB por el lío que hay montado en Polonia —aventuró Augello.

—Todo es posible —dijo Montalbano.

Al cruzar el pueblo para ir a Marinella, el comisario se fijó en que había poca gente por la calle; no cabía duda de que todo el mundo estaba delante del televisor. Una vez en casa, se dio cuenta de que no tenía apetito.

Él no era hombre de iglesia, más bien se consideraba agnóstico y no sentía simpatía por los curas, pero aquel asunto era absolutamente repugnante y lo había angustiado. Para ser sincero, estaba asustado, porque no conseguía entender qué motivo podía tener alguien para tratar de asesinar al papa.

¿Pretendían desencadenar una guerra de religiones? ¿Era el acto de un loco solitario? ¿O se trataba de un complot internacional del que no se conocían objetivos ni consecuencias?

Fue a buscar una radio portátil, pequeña pero potente, que se había comprado el año anterior. Cogía emisoras de casi todo el mundo. Se la llevó al porche y la encendió. No había ni una emisora que no hablara del atentado: aunque la lengua le fuera desconocida, en algún momento se entendían la palabra «papa» o su nombre. En Radio Vaticana no daban noticias, sino que rezaban.

Pasó así unas dos horas. Luego se levantó, fue a la cocina, se preparó un bocadillo de salami y volvió al porche para comérselo.

Siguió escuchando la radio hasta que lo llamó Livia, cuando ya casi habían dado las doce.

—¿Te has enterado de esa noticia tan terrible?

—Sí, claro.

—¿Y qué te parece?

—Uf.

—Mira, te confirmo que llego mañana por la tarde en el vuelo de las cuatro.

—Voy a buscarte a Punta Raisi.

—¡No, hombre! Déjalo, que hay un autocar comodísimo. Si te apetece, ve a recogerme a Montelusa. Llega a las seis y media.

—Allí estaré.

Siguieron hablando un poco, se mandaron besos por el hilo telefónico y se dieron las buenas noches. Al acostarse, el comisario puso el despertador a las seis.

• • •

Lo primero que hizo por la mañana fue encender la radio. Y así se enteró de que la operación del papa había sido un éxito. Se sintió aliviado. Abrió la cristalera. El día apuntaba maneras, con un mar liso como una tabla y sin una sola nube en el cielo. Entró en la cocina, hizo café, se bebió un buen tazón, se fumó un pitillo en el porche y luego se encerró en el baño.

Al salir se sorprendió al toparse con Adelina.

—¿Cómo has venido tan pronto?

—Como he ido a misa a primera hora a rezar por el papa, se me ha ocurrido venir a darle un buen *ripaso* a la casa.

—Buena idea, porque hoy viene Livia y se quedará unos días.

—¡Ah! —exclamó Adelina.

Le dio la espalda y se metió en la cocina. Montalbano se quedó atónito. Estaba claro que la llegada de Livia no le hacía gracia, pero ¿por qué? ¿Qué había sucedido entre las dos mujeres? Decidió que aquello había que aclararlo cuanto antes. Entró en la cocina, pero Adelina no le dio tiempo a abrir la boca.

—*Pirdone*, *dottori*, pero lo mejor es hablar en plata. Durante los días que esté aquí la *siñorita*, yo no vengo.

—¿Y por qué?

—Porque es lo mejor.

—Pero ¿ha pasado algo?

—De todo y nada.

—¿Quieres explicarte mejor?

—¿Qué hay que explicar, *dottori*? Entre nosotras dos no hay ni física ni química, y ya está. Nada de lo que hago le parece bien. Que si la sábana no está bien puesta, que si el albornoz no lo he dejado donde había que dejarlo, que si detrás del mueble del *tilivisor* hay una pizca de polvo... ¡Y de lo que cocino ni hablemos! Por aquí falta aceite, por allí sobra sal... ¡Y eso lo dice ella, que no sabe hacer ni un huevo frito!

En ese último punto tenía razón.

—Ahora que te has desahogado... —empezó Montalbano.

—Ahora que me he *disahogado* las cosas no cambian —lo interrumpió Adelina—. Si quiere, mientras esté aquí la *siñorita*, puedo mandarle a mi prima Gnazia.

—¿Cocina como tú?

—¡*Dottori*, no hay mujer en Vigàta que cocine como yo!

Montalbano se lo pensó un momento.

—Vamos a hacer una cosa. Tú a esa Gnazia me la mandas sólo para limpiar la casa.

—¿Y para la comida?

—Esta mañana prepara unos cuantos platos fríos para las cenas. Total, más de tres días Livia no se quedará.

—¿Y al mediodía?

—Me la llevo a la *trattoria* conmigo.

—Muy bien —dijo Adelina—. Quedamos así.

En ese momento sonó el teléfono y Montalbano fue a contestar.

—Pido *comprinsión* por la hora *matutinista* —dijo Catarella.

—¿Qué ha pasado?

—Ha pasado que ha habido un robo.

—¿Has avisado a Augello y a Fazio?

—Sí, señor, in situ están.

—Bien, pues entonces...

—No, *siñor dottori*, si con calma se lo toma comete un error, en tanto en cuanto que ahora mismísimo ha llamado Fazio para decir que fuera también in situ usía, que era mejor.

¡¿Cómo?! ¿Entre los dos no se las apañaban con un simple robo? Resopló, pero no podía escaquearse.

—¿Cuál es la dirección?

—Via del Corso, allí donde el número treinta y ocho.

Por el pasillo se encontró a Adelina, que se marchaba.

—¿Adónde vas?

—Si tengo que cocinar para tres días, más me vale ir a la compra.

—Yo te llevo.

En el coche, la asistenta volvió al tema de Livia:

—*Dottori*, usía tiene que perdonarme si le hablo así, pero es que yo no quiero líos con la *siñorita* y por eso...

—Deja, deja, Adelì. Cuanto menos hablemos del asunto, mejor.

En el Corso se fijó en algo a lo que antes no había prestado atención: habían cerrado una tienda de comestibles y una bodega y en su lugar había dos bancos. ¿De verdad había tanto dinero en Vigàta que hacía falta abrir dos sucursales bancarias?

Y, como si lo hubieran hecho aposta, el número treinta y ocho, delante del cual aparcó, correspondía a otro banco que también acababa de aparecer. El cartel, muy elegante, que por la noche se iluminaba con un neón, aseguraba que se trataba de la Banca Agricola di Montelusa.

Se apeó del coche. La persiana metálica, que no presentaba indicios de que la hubieran forzado, estaba bajada hasta casi el suelo. Trató de levantarla, se esforzó, pero no lo consiguió. Llamó al timbre que había en la pared, debajo de una placa que repetía el nombre de la entidad.

Al cabo de un rato contestó una voz de hombre:

—¿Quién es?

—El comisario Montalbano.

—Enseguida abro.

Como por arte de magia, la persiana se levantó hasta la mitad. Debía de accionarse eléctricamente. Montalbano se agachó y pasó por debajo.

Tenía delante una puerta blindada que funcionaba con una combinación numérica que había que introducir con un disco como el del teléfono y que se abría sólo lo suficiente para que pudiera pasar una persona.

En aquel banco se protegían bien.

Lo recibió un individuo larguirucho, de unos cincuenta años, vestido completamente de negro y con aire melancólico, que habría pegado más en una empresa de pompas fúnebres.

—Soy el contable Cascino. ¿Ha visto qué indignidad?

¿De qué hablaba? ¿Del robo? ¿Tenía un concepto tan elevado de la banca que llamaba «indignidad» a un robo? ¿Por qué, ya puestos, no lo llamaba «sacrilegio»?

Montalbano lo miró interrogativo. Cascino se dio cuenta de que tenía que explicarse.

—Me refiero al hecho de que los ladrones no han tenido respeto por el santo padre, que anoche... Pero siéntese, se lo ruego.

El comisario así lo hizo.

Dos

Montalbano recordaba que, hasta hacía pocos meses, en aquel local había una gran barbería. Se llamaba El Hombre de Hoy. En el escaparate exponían fotografías de distintos peinados masculinos que habían ganado premios en concursos de barberos. Nunca había entrado, pero el olor dulzón que salía del interior y que se esparcía por la acera había bastado para convencerlo de que aquel sitio no valía gran cosa.

Con el cambio, habían tratado de transformarlo en un local menos frívolo, pero no les había salido muy bien, porque al final había quedado algo muy parecido a una administración de lotería del año de la pera. Debía de ser un banco de tercera categoría.

Detrás de un separador de madera había dos empleados de ventanilla sentados en su sitio. El primero, jovencito, miraba una mosca que volaba; el otro, mayor, parecía adormilado. Había un tercer puesto vacío que debía de ser el de su acompañante.

—Sígame —pidió Cascino, con un tono de voz entre mayordomo y guía turístico.

Ni que estuviera de visita en el castillo de Windsor.

De la trastienda de la barbería habían sacado dos habitaciones no demasiado amplias. En una de las puertas vio una placa con la inscripción «Director». Era de cobre, pero parecía de oro macizo de lo mucho que relucía. En la otra no había nada escrito, pero, para compensar, la puerta no era de madera, sino de metal pesado. Y estaba aún más blindada que la de la entrada. De hecho, tenía dos discos para introducir combinaciones numéricas.

Cascino llamó a la puerta del director.

—¡Adelante! —dijo una voz desde dentro.

El hombre abrió, asomó la cabeza, anunció al comisario y se apartó ceremonioso.

—Pase.

¡Joder, cuánta solemnidad y cuánto miramiento había en aquella sucursal de tres al cuarto! ¡Cualquiera diría que iba a recibirlo el director de la Banca d'Italia!

Entró y el contable cerró la puerta a su espalda con un cuidado exageradísimo.

Fazio, que estaba sentado delante del escritorio de un hombre de cuarenta y pico años, con bronceado de rayos UVA y bastante elegante, se levantó. El otro lo imitó ajustándose la corbata.

—Buenos días —saludó Montalbano.

¿Se equivocaba o aún flotaba en el aire, muy tenue, el olor dulzón de la barbería?

—¿Dónde está el *dottor* Augello? —le preguntó a Fazio a continuación.

—Cuando se ha enterado de que usía venía se ha marchado, tenía que hacer un recado urgente.

¡El muy hijo de puta! Se había escaqueado. Si a Montalbano el asunto de Adelina le había tocado los cojones, aquello ya era como si se los tocaran por partida doble. Mientras, el bronceado director había llegado a su altura y estaba tendiéndole la mano.

—Soy Vittorio Barracuda —dijo—. He oído hablar mucho de usted y lamento conocerlo en circunstancias tan desagradables.

Y sonrió, mostrando dos hileras de dientes clavaditas a las del peligroso pez carnívoro homónimo.

A Montalbano no le cupo la menor duda de que el individuo que tenía delante era capaz de hacer una carrera más que brillante en el mundo de la banca. Seguro que un lobo hambriento tenía más escrúpulos que él. ¿No estaba desaprovechado en un bancucho como aquél?

—¿Cuánto tiempo llevan en Vigàta?

—Tres meses.

—¿Ya se han hecho una clientela?

—No podemos quejarnos.

—¿Cuántas sucursales tienen en la provincia?

—Una sola, ésta.

Pero ¿no era un banco agrícola, según el nombre? Entonces, ¿por qué no habían abierto la sucursal en Cianciana o en Canicattì, donde había actividad de ese tipo, y sí en Vigàta, que era un pueblo de costa?

El comisario, que ya no aguantaba más la sonrisa de mil dientes de Barracuda, se dirigió a Fazio:

—¿Algo que contarme?

—*Dottore*, esta noche han forzado la entrada... —empezó el inspector en italiano y no en dialecto, como era habitual.

—Ya. De día habría sido más difícil —lo interrumpió Montalbano, seco.

Fazio comprendió que estaba de un humor de perros, pero disimuló y continuó:

—...hasta la cámara contigua, donde se encuentran las cajas de seguridad. Si quiere que vayamos a verlas...

—No, a lo mejor luego —lo cortó Montalbano—. ¿Sabes cuántas hay?

—Cien. De varios tamaños, naturalmente.

—¿Y estaban todas ocupadas?

Esa vez fue Barracuda el que respondió:

—Sí, todas.

Montalbano no tenía claro por qué, pero estaba un poco desconcertado. Había algo que no cuadraba y no conseguía identificarlo.

Desde que había entrado en aquel despacho, estaba de pie. Echó un vistazo a su alrededor. Barracuda interceptó la mirada.

—Siéntese, por favor —pidió, cogiendo dos carpetas de una silla.

Montalbano así lo hizo.

—¿Cómo han logrado entrar?

Quien contestó fue Fazio:

—Tenían las llaves de la persiana metálica y sabían la combinación de las dos puertas blindadas, la de la entrada y la de la cámara de las cajas.

—¿No hay vigilante nocturno?

Ahora le tocó al director:

—Tenemos contratada una empresa, Securitas, que es muy de fiar.

—¿Los has llamado? —le preguntó el comisario a Fazio.

—Sí, *dottore*. El vigilante, que se llama Vincenzo Larota, hace un control cada hora en bicicleta. Y no ha notado nada.

—Parece que los ladrones estaban informados de sus horarios —comentó el director.

—Ya —replicó el comisario.

Y no dijo nada más. Se había echado hacia delante y parecía absorto contemplándose la puntera de los zapatos.

Para romper el silencio, Barracuda buscó una justificación.

—¿Sabe, comisario?, somos un banco pequeño, así que, de acuerdo con la dirección, decidimos que no era necesario contratar vigilancia propia...

Esas palabras fueron las que aclararon, en la cabeza de Montalbano, la razón por la que se sentía incómodo.

—¿Qué tipo de clientes tienen?

Barracuda se encogió de hombros.

—Nos llamamos Banca Agricola porque nuestra, digamos, finalidad es precisamente ayudar al desarrollo de empresas dedicadas a la producción de vino, de cítricos, apoyar a los pequeños agricultores, a los campesinos...

Pero ¿dónde estaban todas esas empresas agrícolas de la provincia de Montelusa? En Vigàta, desde luego, no habría habido forma de encontrar ninguna ni pagándola a precio de oro.

—Por descontado, esta sucursal está buscando clientes entre los propietarios de barcos, entre los pescadores... —prosiguió Barracuda, y, con cara de listillo, añadió—: Si la comisaría de Vigàta también quiere hacerse cliente nuestro...

Y se echó a reír. Él solo.

Mientras, Montalbano se planteaba preguntas. Si los clientes eran gente pobre que se ganaba la vida como podía, ¿qué necesidad había de que un banco de aquel tipo tuviera una cámara blindada con cajas de seguridad? ¡Y no diez, sino encima cien! ¡Y de varios tamaños! ¡Y estaban todas ocupadas! No, aquello no cuadraba en absoluto.

Resolvió disparar directamente al centro de la diana.

—¿Podría pasarme una lista completa de las personas que tienen cajas de seguridad alquiladas?

De repente, Barracuda se puso rígido como otro pez muy distinto, en concreto un bacalao.

—No veo qué utilidad puede tener eso.

—Yo sí la veo.

—Permita que me aclare.

—Aclárese.

—Han desvalijado todas las cajas, repito, todas, indistintamente. No ha sido un robo dirigido a una en concreto. Por eso...

—Por eso, usted me da la lista de todos modos —replicó el comisario con decisión.

De bacalao, Barracuda pasó a merluzo congelado.

—Pero eso, entiéndame, iría en contra del secreto bancario...

—Señor Barracuda, no le estoy preguntando por el contenido de las cajas de seguridad, que por otro lado usted desconoce, sólo le estoy pidiendo una lista de esos clientes.

—Ya lo sé, pero voy a tener que pedir autorización a la dirección general y no estoy seguro de que...

El comisario lo interrumpió, disgustado:

—¿Cuánta gente conoce las combinaciones?

—Todos. Los tres empleados y yo.

—¿Las cambian a menudo?

—Cada tres días.

—¿Quién se encarga?

—Yo. Y comunico las nuevas a los interesados. Esta noche me toca cambiarlas —explicó, mirando receloso al comisario—. ¿No creerá que a los ladrones se las ha dado uno de nosotros...?

Montalbano lo observó sin abrir la boca.

—¿Sabe? —continuó el director—. Hay unos aparatos que pueden...

El comisario levantó una mano para pararle los pies.

—Estoy al tanto. He visto algunas películas. Le agradecería que, en cuanto me vaya, preparase una lista de sus empleados con las direcciones y los teléfonos correspondientes y se la entregase a mi colaborador. Eso no creo que sea secreto bancario —dijo, y luego le preguntó a Fazio—: ¿Has llamado a la científica?

—Aún no.

—Hazlo. Nos vemos en comisaría.

Se levantó y Barracuda le tendió la mano. Montalbano se la estrechó y, sin soltarla, arrugó la nariz.

—¿Usted también nota el olor?

—¿Qué olor? —preguntó el director, extrañado.

—Aquí antes había una barbería. Por lo visto, las paredes han quedado impregnadas de un olor que ahora resulta desagradable.

Tuvo la impresión de que al hombre le sudaba un poquito la mano.

Una vez fuera, comprobó que la mañana mantenía su promesa de ser comprensiva con su humor, que desde luego no era muy alegre. Decidió ir dando un paseo hasta el banco donde tenía la nómina domiciliada. El director, el señor Macaluso, lo recibió enseguida.

—Estoy a su disposición.

—Necesito que me informe de una cosa. ¿Cuántas cajas de seguridad tienen?

—Treinta.

—¿Sabría decirme, aunque sea aproximadamente, cuántas hay en los demás bancos de Vigàta?

—¿Puedo permitirme preguntarle el porqué de su interés? —dijo Macaluso.

La noticia del robo no se había difundido. Mejor.

—Es para un estudio que nos pide la jefatura provincial.

A Macaluso le bastaron cinco minutos. Resultó que sólo la Banca Agricola di Montelusa tenía un número tan desproporcionado de cajas de seguridad.

El director miró a Montalbano asombrado.

—¡Qué raro! ¿Qué harán con tantas cajas?

—A saber —contestó el comisario con la carita inocente de un querubín recién bajado del paraíso.

Salió de la oficina bancaria, volvió sobre sus pasos para coger el coche y se dirigió a la comisaría.

Por el camino fue pensando. Y nada más llegar llamó a su padre.

—¡Qué sorpresa, Salvo! ¡No sabes la alegría que me das!

—Papá, ¿te molestaría venir a comer conmigo hoy a la una?

—¿Cómo va a molestarme? Pero ¡qué cosas tienes!

—Pues entonces nos vemos a la una en la *trattoria* de Calogero.

Tres

Cuando llegó a la *trattoria*, su padre ya estaba sentado a una mesa para dos y lo esperaba viendo la televisión, en la que decían que la vida del papa ya no corría peligro, aunque el pronóstico seguía siendo reservado.

Al verlo entrar, el hombre se levantó de golpe y fue a recibirlo con los brazos abiertos.

Montalbano lo bloqueó instintivamente, ofreciéndole la mano. Como si no hubiera pasado nada, su padre se la estrechó con una sonrisa.

De primero, los dos pidieron pasta con almejas. Siempre habían tenido los mismos gustos. Era evidente que su padre se moría de curiosidad por saber el motivo de aquella invitación inesperada, pero no se arriesgaba a hacer la más mínima pregunta.

Permanecieron un rato en silencio, sin mirarse siquiera, y luego Montalbano se decidió a hablar.

—¿Cómo va la empresa?

Su padre, que desde hacía tiempo tenía una pequeña empresa vitivinícola entre Montelusa y Favara, lo miró extrañado.

De su hijo, con el que tenía una relación difícil, esperaba oír cualquier cosa menos aquello. Suspiró hondo, lo miró a los ojos y se encogió de hombros.

—¿No va bien?

—No va nada bien. Es demasiado pequeña, no puede plantar cara a la competencia. Para que sobreviviera habría que hacer una ampliación, pero no tengo dinero.

—¿No puedes pedir un préstamo al banco?

—¿Te parece fácil? Uno me ofrecía un interés que daba miedo, el segundo me lo negó porque a mi socio le habían devuelto una letra...

Llegaron los espaguetis y dejaron de hablar. El padre sabía que a su hijo no le gustaba charlar mientras comía. Cuando acabaron, pidieron unos salmonetes fritos de segundo.

—O sea, que hay marejada —comentó Montalbano.

—Exacto.

—¿Y cómo piensas resolver la situación?

—Un amigo de la zona de Catania me ha propuesto asociarme con él. Su empresa trabaja muy bien. Le vendo mi mitad a mi socio de ahora y así...

—Oye, ¿y has probado a pedirle un préstamo a la Banca Agricola di Montelusa? —preguntó Montalbano como quien no quiere la cosa.

La respuesta fue clara e inmediata:

—Ni siquiera me he acercado a ellos.

—¿Y eso?

—Corren rumores.

—Explícate mejor.

Su padre torció el gesto.

—Son unos usureros que se presentan como gente de gran corazón. Te pongo un ejemplo. Uno que conozco, Divella, firmó un papel sin entender lo que decía en realidad y luego resultó que no podía pagar los intereses, que eran astronómicos. Se lo quitaron todo, hasta la casa donde vivía.

—O sea, son delincuentes comunes.

—Peor. Bestias salvajes hambrientas.

—¿Has oído hablar de un tal Barracuda?

—Cómo no. Lo han hecho director de la sucursal de Vigàta. Mira, ése es capaz de pasarte a cuchillo sólo para mantenerse en forma. —Dejó escapar otro suspiro antes de continuar—: Pero vamos a cambiar de tema, que si no se me va el apetito. Háblame de ti. ¿Trabajas mucho?

El comisario no tenía ningunas ganas de hablar de él. Empezó a soltar un discurso vago que, por suerte, quedó interrumpido por la llegada de los salmonetes.

Al final del almuerzo, en el momento de despedirse, su padre le dijo con una sonrisa no exenta de amargura:

—Aunque la invitación haya sido porque necesitabas información, igualmente me ha hecho ilusión.

Montalbano se sintió como un gusano.

Subió al coche, pero, en lugar de ir a la comisaría, cogió la carretera de Montelusa. Aparcó delante de la jefatura provincial de la Policía Judicial, entró, se identificó y pidió hablar con el comandante Antoci, al que había conocido a raíz de un caso. Se habían caído bien.

Le contó la historia del robo y lo que le había dicho su padre sobre la Banca Agricola, para ver si se lo confirmaba.

—Mire, de entrada le diré que del caso Divella, ese hombre al que el banco desplumó vivo, nos ocupamos nosotros. Hasta hicimos una inspección. Sin embargo, fueron muy hábiles y Divella demostró ser un incauto. No conseguimos encontrar una sola prueba de que hubieran utilizado métodos de usura, aunque estábamos convencidos de ello. Además, tenga en cuenta un dato que no es baladí: actuamos por iniciativa propia, ya que Divella no quiso presentar denuncia.

—¿Temía una represalia?

—Tal vez.

Montalbano sonrió.

—Con esto quizá me estoy metiendo en un terreno minado.

Entonces fue Antoci el que sonrió, aunque sin decir nada.

—¿El banco huele a mafia? —disparó Montalbano.

Antoci se puso serio.

—Digamos que hay un ligero olorcillo o, mejor dicho, ligerísimo, prácticamente imperceptible.

Como el de la barbería, que seguía flotando entre las paredes de la sucursal.

—¿Puede explicarse mejor?

—Ni el presidente ni el consejero delegado ni los miembros del consejo tienen antecedentes ni relaciones con la mafia. Son especuladores, eso sí, y gente sin escrúpulos. Si luego tropiezan con el código penal, como podría haber sucedido en el caso de Divella, eso ya...

—¿Y ese ligerísimo olor dónde está?

—En el despacho del director general, el abogado Cesare Gigante: lleva diez años casado con la hermana del capo Laurentano, que es de la familia Sinagra. La hija del capo está casada con un ejecutivo del mismo banco, Vittorio Barracuda, que ahora dirige la sucursal de Vigàta.

—¡¿Lo dice en serio?! —exclamó Montalbano.

—Lo digo en serio. Pero no se haga ilusiones. Tanto el abogado Gigante como Barracuda hace tiempo que están vigilados. Y no sólo por nosotros. No hay nada destacable en ellos, una conducta ejemplar, aparte de esa tendencia a la usura. Y le digo más: las dos mujeres han interrumpido su relación con sus respectivos hermano y padre.

Una vez que llegó a la comisaría, Fazio lo informó de que la científica no había encontrado nada, ni siquiera las huellas digitales de los propios empleados del banco. Sin duda, los ladrones llevaban guantes, pero además, por prudencia, habían hecho una limpieza a fondo.

El comisario le contó la reunión con el comandante Antoci. Fazio se quedó pensativo.

—¿Qué te pasa?

—Es que me pregunto quién puede estar tan loco como para robar en un banco que dirige el yerno de Laurentano.

—¿No podría ser una venganza? —preguntó el comisario.

—¿Y de quién?

—De alguien a quien el banco haya dejado en pelotas.

—En primer lugar, eso no sería una venganza, sino un suicidio. ¡Y, en segundo lugar, este robo es cosa de profesionales!

Se hizo el silencio.

—¡Ah! Me olvidaba de una cosa —añadió poco después Fazio—. Me he informado y me he enterado de algo raro.

—Cuenta.

—La sede central del banco, en Montelusa, tiene cincuenta cajas de seguridad. Y entonces, yo me pregunto, ¿por qué en la central hay cincuenta y en la sucursal de Vigàta cien?

—Quizá han querido descentralizar.

—Sí, pero ¿el qué?

—Ni idea. ¿Tú crees que el fiscal me daría una orden judicial para obligar a Barracuda a entregar la lista de los titulares de las cajas?

—Yo esperaría sentado.

—Ya. Por eso habría que buscar alguna otra forma.

—¿Cuál?

—De momento no lo sé. Pero todo se andará.

• • •

Cinco minutos después de que se marchara Fazio se presentó Catarella.

—*Dottori*, in situ parece que tengo a un *siñor* que quiere hablar con usía personalmente en persona.

—¿Cómo se llama?

—De nombre me ha dicho que Provvidenziale.

¿Era posible que existiera un apellido como ése?

—¿Estás seguro, Catarè?

—¿A qué *siguridad* se viene a *riferir*?

—¿Estás seguro de que el señor se llama Provvidenziale?

—Pondría la mano en el fuego, *dottori*.

El señor de unos sesenta años que entró en su despacho iba bien vestido y tenía aire de persona de bien y respetable.

—¿Se puede? Soy Carmelo Provvidenziale.

Montalbano se quedó de una pieza. ¿Cómo era posible que Catarella hubiera acertado? ¿Tal vez porque era un apellido realmente extraño?

—Siéntese y cuénteme.

—Se trata del robo de la Banca Agricola.

Montalbano era todo oídos.

—¿Quién le ha dicho que ha habido un robo?

—El director, el señor Barracuda, me ha llamado para informarme de que habían desvalijado las cajas de seguridad y me ha pedido que no lo fuera contando por ahí.

—¿Usted tenía una?

—Sí.

—¿Es agricultor? ¿Es...?

—No, estoy jubilado. Lo que pasa es que contrataron como empleado de ventanilla a mi sobrino Angelo, al que he criado yo porque se quedó huérfano a los tres años... y me pareció que lo suyo era trasladar mi cuenta a su banco.

Y hasta contraté una caja para guardar las joyas de la pobre Ernestina, mi señora, que murió hace cuatro años.

—¿Por qué ha venido a vernos?

—Traigo una lista de las joyas y sus fotos; así, en caso de que las encuentren...

—Entendido. Espere un momento.

Llamó a Fazio por teléfono y cuando llegó a su oficina le dijo quién era Provvidenziale y lo que quería. Luego el comisario se despidió de él y Fazio se lo llevó a su despacho.

No habían pasado ni cinco minutos cuando una idea empezó a zigzaguear por la mente de Montalbano. Se levantó de golpe, se precipitó hacia el despacho de Fazio y abrió la puerta sin miramientos. Los dos hombres lo contemplaron atónitos.

—Oiga, señor Provvidenziale, ¿su sobrino se llama Provvidenziale como usted?

—No, se llama Curreli. Es hijo de mi hermana.

—¿Qué horario tiene en el banco?

—Acaba a las siete de la tarde.

—¿Me haría el favor de llamarlo y pedirle que se pase por comisaría cuando acabe la jornada?

—Bueno, me ha dicho que el señor Barracuda les ha dado el día libre a todos.

—¿Por qué?

—No sé decirle, mi sobrino no me ha contado nada más.

—Dígale que venga, por favor.

—Si puedo llamarlo desde aquí...

—Cómo no —dijo Fazio.

Provvidenziale marcó un número.

—¿Angilì? Al *dottori* Montalbano le gustaría hablar contigo. ¿Puedes venir a la comisaría? —Escuchó la respuesta y colgó—. Dentro de veinte minutos estará aquí.

—Gracias —dijo Montalbano, y volvió a su despacho.

Si el sobrino era un hombre honrado como su tío, quizá se hubiese fijado en algo que no cuadraba en aquel banco.

Angelo Curreli era tal vez la única llave que podía abrir la puerta blindada que escondía los secretos de las cien cajas de seguridad.

O, como mínimo, esa esperanza tenía el comisario.

Cuatro

Angelo Curreli era un muchacho educado, de unos veinticinco años, tímido y algo desmañado. Era el mismo al que el comisario había visto en el banco, concentrado en el vuelo de una mosca. Lo invitó a sentarse delante de su mesa; la silla contigua la ocupaba Fazio.

—Le agradezco que haya venido, señor Curreli. Le advierto que se trata de una conversación amistosa y que tiene toda la libertad del mundo para no contestar a mis preguntas. ¿De acuerdo?

—De acuerdo.

—¿Qué tal se encuentra usted en el banco?

Curreli tuvo un sobresalto evidente.

—¿Cómo se ha enterado?

—Señor Curreli, le aseguro que no me he enterado de nada que tenga que ver con usted.

—Perdone, ha sido una confusión. Como he enviado mi currículo en secreto a tres bancos de Palermo, he pensado que...

—O sea, que en la Banca Agricola no está a gusto. ¿Me equivoco?

—Uf, no es que no esté a gusto, sino que...

—¿Quiere cambiar para hacer carrera?

—Quiero cambiar, pero no para hacer carrera.

—Y entonces, ¿para qué?

Angelo se revolvió en la silla. Le costaba decir lo que le rondaba por la cabeza.

—Cuando viene un cliente que tiene una caja de seguridad, ¿cuál de los tres empleados lo acompaña hasta la cámara blindada? —preguntó el comisario.

—Ninguno. Se ocupa el director personalmente.

—¿Y si el director está ausente?

—No ha sucedido nunca.

—Puede que los clientes lo avisen antes —aventuró Fazio.

—No creo —contestó Curreli.

—Reconocerá que, para un cliente, ir al banco en balde es un engorro —apuntó Montalbano.

Curreli respiró hondo y luego dijo:

—Precisamente fue esa forma de proceder lo que despertó mis dudas, así que presté atención a cómo funcionaba lo de las cajas de seguridad. Y descubrí algo que me desconcertó. Por eso quiero irme.

—Dígame qué fue, por favor.

—Hay cien cajas. Aparte de la de mi tío, las otras noventa y nueve las han alquilado noventa y nueve personas distintas.

Montalbano se llevó un chasco, pero el joven continuó:

—Sin embargo, los que aparecen por allí siempre son dos hombres que llevan unos poderes y las llaves de todas las cajas.

—¿Siempre los mismos?

—Siempre los mismos.

—¿Sabe cómo se llaman?

—Sí. Michele Gammacurta y Pasquale Aricò.

Montalbano y Fazio cruzaron una mirada fugaz.

—Un último favor. Mañana, cuando vaya al banco...

—¡Mañana no voy!

—¿Por qué?

—Porque el director nos ha dicho que la sucursal va a estar cerrada como mínimo una semana. Las cuentas se han trasladado provisionalmente a la sede de Montelusa.

—¿Puede darme el teléfono del domicilio del señor Barracuda y el del director general, el señor Gigante?

—Cómo no.

Se los dijo a Fazio, que los anotó.

El inspector regresó tras haber acompañado al joven. Ya eran casi las seis. Montalbano conectó el altavoz y marcó el número de la sede de la Banca Agricola en Montelusa.

—¿Oiga? Soy el diputado Giovanni Saraceno. Por favor, póngame con el abogado Gigante.

—Lo siento, señor diputado —contestó la telefonista—, pero el señor Gigante se ha marchado de vacaciones justo esta mañana. Se ha ido con su familia. Si quiere hablar con...

—No, gracias.

Colgó y marcó el número de la casa de Barracuda. El teléfono sonó un buen rato, pero no contestó nadie.

—¿Qué te apuestas a que se ha ido de vacaciones con su familia?

—Nunca apuesto cuando estoy seguro de perder. Teniendo en cuenta que Gammacurta y Aricò son hombres de confianza de los Sinagra, ¿qué cree usía que había dentro de las cajas?

—Dinero contante y sonante. En lugar de llevárselo al extranjero, que siempre es peligroso, lo guardaban aquí, en un bancucho sin importancia.

—¿Y los Cuffaro, los grandes enemigos de los Sinagra, lo han descubierto y les han dado por culo?

Montalbano negó con la cabeza.

—¿Por qué no? —insistió Fazio.

—A ver, si hubieran sido los Cuffaro, a Barracuda no le habría llegado la camisa al cuerpo por tener que rendirles cuentas a los Sinagra. En cambio, estaba tranquilo y sonriente.

—Entonces, ¿quién ha sido?

—Gammacurta y Aricò.

Fazio estuvo a punto de caerse de la silla.

—Con la complicidad de Barracuda, naturalmente, y de toda la familia Sinagra —concluyó Montalbano.

—Yo ya no entiendo nada —reconoció Fazio.

—Te lo explico. Ese dinero, con un noventa y nueve por ciento de seguridad, no era de los Sinagra, sino que se lo habían confiado para que especularan gentes sin ningún tipo de escrúpulo, criminales, cuando no mafiosos. Sin embargo, se ve que en determinado momento los Sinagra han necesitado echarle mano y han orquestado un robo que les permitía quedárselo todo y hacerse pasar por víctimas.

—Puede que tenga razón, *dottore*, pero ¿cómo vamos a conseguir la más mínima prueba?

—Yo milagros no hago. Toca esperar y ver. Mira, tengo que irme a Montelusa a recoger a Livia, que llega a las seis y media. Tú pasa por casa de Barracuda y entérate de si se han largado. Luego te llamo y me cuentas.

El autocar llevaba una hora de retraso, porque el avión, a su vez, había aterrizado una hora tarde. Montalbano se sentó en un bar y, al cabo de tres cuartos de hora, llamó a Fazio.

—¿Qué me cuentas?

—Que ha dado en el clavo. Una vecina me ha contado que la familia Barracuda se ha marchado hacia las cinco, con la baca del coche cargada de maletas.

—O sea, que van a hacer unas buenas vacaciones.

—Eso parece. Pero, en su opinión, ¿por qué?

—¿Has leído a Leopardi? Esperan la calma después de la tormenta. Claro que ¿tú crees que los que les habían confiado su dinero a los Sinagra van a quedarse quietecitos?

Al cabo de un rato llegó por fin el autocar.

La llamada, a las siete de la mañana siguiente, despertó a Montalbano, que dormía abrazado a Livia.

—Hum —murmuró la joven, molesta por el ruido y por los movimientos del comisario.

Era Fazio.

—*Dottore*, ¿puede venir al vicolo Cannarozzo? Es la primera travesía a mano izquierda de la via Cristoforo Colombo. Se han cargado a un tío a tiros.

Ni siquiera avisó a Livia de que salía; ya la llamaría luego.

En el vicolo Cannarozzo había dos coches patrulla. Cuatro agentes mantenían a los curiosos a raya.

El cadáver estaba en la acera, delante de un portal del que, evidentemente, acababa de salir.

—Como mínimo, siete disparos —informó Fazio—. Han sido dos que iban en moto.

—¿Lo conocías?

—Sí, jefe. Se llamaba Filippo Portera, era un mafioso de poca monta, vinculado a la familia Cuffaro —explicó, y miró al comisario con gesto elocuente.

—¿Me estás diciendo que me había equivocado?

—Eso parece.

—Entonces, ¿este asesinato quiere decir que los que robaron el banco fueron los Cuffaro y que los Sinagra están empezando a vengarse?

—Blanco y en botella, querido *dottore*. Y me da miedo que ahora estalle otra guerra entre las dos familias. Preparémonos para lo peor.

En ese momento llegaron dos coches. En el primero iba Augello y en el segundo el periodista Nicolò Zito, de Retelibera, con un cámara.

—Salvo, ¿me concedes una entrevista? —preguntó Zito.

—Si es breve, yo encantado.

«—*Dottor* Montalbano, ¿considera que este homicidio marca el inicio de una nueva guerra entre las mafias de nuestro pueblo?

»—Toda guerra tiene un detonante, por lo general porque uno de los dos contendientes quiere ampliar su poder. Aquí, en mi opinión, de momento no hay detonante. Este homicidio tiene como objetivo que creamos que va a declararse una guerra.

»—¿Podría explicarse mejor?

»—Estamos en la tierra de Pirandello, ¿no? Ser y parecer. Aquí, insisto que es mi opinión, téngalo en cuenta, alguien quiere que veamos un hecho de una forma determinada, mientras que la realidad es completamente distinta.

»—*Dottor* Montalbano...

»—No tengo nada más que añadir, gracias.»

—Pero ¡eso no puedo emitirlo! —protestó Zito.

—Tú emítelo y deprisa. Alguien lo entenderá.

Luego fue a ver a Augello.

—Mimì, espera tú al fiscal, a la científica y a toda la troupe. Nos vemos después de comer en comisaría.

Volvió a Marinella. Livia aún dormía. Se desnudó y se acostó a su lado.

A la una, mientras ella se vestía para ir a comer con él en la *trattoria* de Calogero, Montalbano encendió el televisor para ver las noticias de Televigàta. Estaba hablando Pippo Ragonese, el periodista estrella del canal, que a menudo hacía de portavoz de la mafia encantado de la vida.

«...y nosotros, que tantas veces hemos criticado el *modus operandi* del comisario Montalbano, demasiado desenfadado, esta vez no podemos por menos de apreciar su cautela, su buen juicio, que...»

Apagó. El mensaje había llegado a su destinatario.

En cuanto llegó a la comisaría, Fazio lo asaltó.

—*Dottore*, tiene que explicarme el significado de esa entrevista.

—¿Has oído a Ragonese?

—Sí, pero no he entendido nada.

—Es sencillo. He dejado claro que lo había comprendido todo; es decir, que habían sido los propios Sinagra los que habían robado en su banco y que se habían cargado a Portera para que pareciera que los ladrones habían sido los Cuffaro. He desactivado la bomba que estaba a punto de estallar.

A las cuatro, Fazio volvió al despacho del comisario. Parecía desconcertado.

—Acaba de telefonear Provvidenziale. ¿Se acuerda de él? Dice que delante de la puerta de su casa ha encontrado un paquete con las joyas de su mujer. ¿Eso qué quiere decir?

—Que se ha puesto en marcha el acuerdo entre los Cuffaro y los Sinagra. Una parte del dinero se devolverá y el resto se lo dividirán a partes iguales las dos familias. Aunque creo que el trato debe de incluir otras cláusulas.

No había que ser adivino. Al cabo de una media hora, Fazio volvió aún más desconcertado.

—*Dottore*, ha muerto Michele Gammacurta.

—¿De un tiro?

—No, jefe. Conducía borracho y se ha caído por un barranco. Pero lo raro es que era abstemio.

—No tiene nada de raro. Por lo visto, el acuerdo incluía la cláusula de la muerte de quienes habían asesinado a Portera. Y ésta era la ocasión que yo esperaba. Corre, coge a dos agentes y tráeme aquí ahora mismo a Pasquale Aricò.

—Y, si me pregunta por qué, ¿qué le digo?
—Que quiero salvarle la vida.

Montalbano tardó dos horas en convencer a Aricò de que era la próxima víctima, la que cerraría el acuerdo entre los Cuffaro y los Sinagra. La cláusula según la cual los primeros habían exigido la muerte de los dos asesinos de Portera los segundos ya habían empezado a aplicarla al matar a Gammacurta. Después le tocaba a él. ¿No se daba cuenta?

Cuando por fin lo entendió, Aricò se soltó el pelo. Se lo contó todo sobre la Banca Agricola, las cajas de seguridad, Barracuda, Gigante...

El comisario llamó a Livia para avisarla de que llegaría tarde y luego, tras pedirle a Fazio que lo acompañara, se llevó a Aricò a Montelusa para presentarlo ante el fiscal.

Quería darse prisa y volver corriendo a Marinella, donde lo esperaba Livia.

Según la práctica habitual

Uno

Al final, y a pesar de que su cara era conocida por todo hijo de vecino, con una palabra aquí y otra allá, el comisario había logrado infiltrarse en una subasta. Se habían presentado dos individuos a buscarlo en Marinella a las doce de la noche, y a la una ya habían llegado a una granja perdida en mitad del campo que podría haber parecido deshabitada de no ser por la treintena de coches y las dos furgonetas aparcados en los alrededores. Lo llevaron a un gran almacén. Tenía la impresión de estar en un teatro. Había unas cuarenta sillas, casi todas ocupadas, delante de una tarima iluminada por grandes reflectores. Detrás se veía una portezuela cerrada.

A Montalbano le habían reservado un sitio en primera fila, entre un flacucho de unos cuarenta años y un gordinflón de unos cincuenta. El flacucho, un comerciante importante que se llamaba Giliberto y conocía al comisario, hizo un gesto de sorpresa.

—¡¿Usted aquí?!

—¡Pues sí! —contestó Montalbano, encogiéndose de hombros resignado, como diciendo que su carne también era débil.

Se abrió la puerta de detrás de la tarima y apareció un sujeto vestido igualito a como se representaba antiguamente a los guardianes de los harenes, con turbante y babuchas de punta.

—¡Señores, empieza la subasta! —anunció, con voz de gallo estrangulado.

¿Un eunuco? Entonces, ¿era verdad aquella historia de que a los guardianes les cortaban los cojones?

—El primer artículo que tengo el honor de presentar es precioso —continuó el eunuco—: una moldava de apenas diecinueve años, Ekaterina Smirnova. Nuestra organización la ha importado directamente, por lo que podemos garantizar que está seminueva. —Adoptó un aire pícaro antes de continuar—. Tiene una habilidad lingüística extraordinaria. No sean mal pensados. Ekaterina habla y escribe correctamente cinco idiomas. Se parte de un precio de salida de ciento cincuenta mil liras.

Entró una chica jovencísima, rubia como el sol, desnuda y sonriente, que se exhibió ante los clientes por delante y por detrás, y después se puso a hacer una especie de bailecito durante el cual se tumbó en el suelo y se abrió de piernas, antes de colocarse a cuatro patas.

Montalbano estaba bastante sorprendido. Ciento cincuenta mil liras por llevarse a casa a una muchacha tan guapa como aquélla le parecía poco.

—El precio de salida es algo bajo ¿no? —le dijo a Gilberto.

—Verá, el verdadero problema no es el precio de compra, sino el coste de mantenimiento —le explicó el otro—. Cuanto más guapas son las chicas, más cuesta su manutención, la peluquería, la esteticién, la manicura, la masajista... Y luego está el vestuario, que debe tener clase, con accesorios como algún que otro collar, alguna pulserita... Y a eso hay que sumarle el pisito, los restaurantes... Son gastos importantes, ¿sabe?

Mientras, la muchacha había sido vendida por doscientas mil liras al propietario de unos pesqueros.

—Perdona, pero, cuando uno se cansa de ella, ¿qué hace? —siguió preguntando Montalbano.

—Se la devuelve a la organización —contestó Gilberto—, que la manda a hacer la calle.

—¿Y si la chica se niega?

—Es difícil que eso pase, pero en ese caso, ¿cómo le diría?, la llevan al desguace.

Entonces le tocó el turno a una morena de veinte primaveras, sinuosa, con un cuerpo como para comérselo, que parecía bailar con cada movimiento.

—Precio de salida, doscientas mil —informó el eunuco.

—Doscientas cincuenta mil —pujó Montalbano, interpretando el papel que se había adjudicado.

—Doscientas cincuenta mil a la una —dijo el eunuco.

Nadie abrió la boca.

—¿Alguna otra oferta? ¡Fíjense en la línea aerodinámica de los senos! ¡Admiren la curvatura audaz de las nalgas!

El eunuco era de labia casta pero eficaz.

—¡Adelante! ¿Nadie ofrece más? Muy bien. Doscientas cincuenta mil a las dos.

Tampoco entonces se oyó ni una mosca.

—¿No hay más ofertas? ¡Doscientas cincuenta mil a las tres! Adjudicada.

Montalbano se quedó helado. ¡Había comprado una mujer! ¡Una esclava del sexo! ¿Y ahora qué coño iba a contarle a Livia?

En ese momento sonó el teléfono.

—Es para usted —le dijo el eunuco—. ¡Vaya a contestar!

¿Y él cómo lo sabía? Atónito, Montalbano se incorporó al mismo tiempo que se despertaba. El teléfono seguía sonando. Respiró aliviado. No había comprado ninguna mujer, todo había sido un sueño. Miró la hora. Eran las seis y media de la mañana. Se levantó y fue a contestar.

—Estoy *atormintado* y *disolado*. Pido *comprinsión* y *pirdón* por la hora *matutinista*. ¿Qué hacía, *dottori*? ¿Dormía? —preguntó la voz de Catarella.

—No, estaba jugando al rugby —contestó él, cortante.

—Yo es que nunca lo he entendido.

—¿El qué?

—Ese juego *miricano* al que estaba jugando usía.

—Catarè, ¿haces el favor de decirme por qué me has llamado?

—Ha habido un homicidio, *dottori*.

—Explícate mejor.

—Se trata de un cadáver de sexo femenino de mujer, encontrado en el portal de la via Pintacucuda, correspondiente a allí donde está el número dieciocho. Fazio ya se ha ubicado in situ.

—Muy bien, voy.

Fazio se había encargado de mantener a los curiosos a raya. La muerta era una chica de unos veinte años, rubia y guapa. Llevaba únicamente un albornoz de rizo que, con la caída, se había abierto, mostrando que había sido torturada con un arma blanca. Tenía cortes superficiales y heridas profundas de la garganta a los pies. No había demasiada sangre.

—La mataron en otro lado —dijo Montalbano.

—Está claro. Pero tuvo fuerzas para llegar hasta aquí por sí sola, aun estando medio muerta —respondió Fazio.

—¿Y eso cómo lo sabes?

—Acompáñeme.

El comisario salió a la calle tras él.

—Mire el suelo.

Había grandes manchas oscuras de sangre que llevaban a un Suzuki azul con la puerta del conductor entreabierta.

—Mire dentro.

Montalbano obedeció. El asiento estaba todo manchado de sangre, lo mismo que el volante.

—Después de que se ensañaran con ella —continuó Fazio—, tuvo la fuerza suficiente para subir al coche, llegar hasta aquí, bajarse, cruzar la calle, abrir el portal (la llave aún está metida en la cerradura) y entrar. Pero no pudo llegar más lejos, había perdido demasiada sangre.

Volvieron a entrar en el portal.

—¿Quién la ha descubierto?

—Un tal Michele Tarantino, que sale a las seis para ir a trabajar.

—¿Y ahora dónde está?

—En su casa. Es el segundo sexta.

—Voy. ¿Has avisado al circo ambulante? La científica, el fiscal, Pasquano...

—Ya está hecho.

No había ascensor. Subió a pie, llamó y le abrió una señora enorme, con una circunferencia de, como mínimo, cuatro metros y unos brazos capaces de partirlo en dos sin mucho esfuerzo.

—¿Y ahora qué coño pasa?

—Soy el comisario Montalbano.

—¿Y a mí qué hostias me importa?

Montalbano hizo un esfuerzo para tener paciencia.

—Me gustaría hablar con el señor Tarantino.

—El señor Tarantino, como dice usted, está en el retrete, vomitando. Ha echado hasta la primera papilla desde que ha descubierto el cadáver. ¡Qué marido tan sensible tengo!

Hizo pasar al comisario y aulló:

—¡Michè, ven aquí, que ha venido otro de ésos a tocarte los huevos!

Y se fue a la cocina murmurando para sí. Michele Tarantino era un hombre menudo y delgado, de unos cincuenta años, al que, en caso de haber medido cinco centímetros menos, habría sido lícito llamar «enano».

—Cuando usted la ha visto, ¿la chica aún vivía o ya estaba muerta?

—No, señor, estaba *muetta*.

Debía de ser de Catania, porque se comía las erres y, a cambio, doblaba las consonantes.

—¿Y usted qué ha hecho?

—¿Yo? Nada, me han venido ganas de vomitar.

—Pero ¿a nosotros quién nos ha llamado?

—Aurelio *Scammacca*, que vive justo delante de mí y que ha llegado en ese preciso momento.

—¿También se iba a trabajar?

—No, señor, él estaba de *retonno*. Es vigilante *notunno*.

—¿Y usted qué ha hecho?

—He subido a vomitar.

—¿La había visto alguna vez?

—Nunca. No vivía aquí.

Prudentemente, Aurelio Scarmacca no se había acostado. Se había mantenido despejado a fuerza de café.

—¿Le apetece uno a usía?

—¿Por qué no? Gracias.

Se lo sirvió la mujer de Scarmacca, la señora Ciccina.

—Señor Scarmacca, ¿cómo ha entrado en el edificio? ¿Ha utilizado la llave que...?

—Exacto —contestó el otro, que era un hombre inteligente, de unos cuarenta años—. He visto la llave en la cerradura y...

—Perdone, pero ¿sólo había una llave? ¿No un manojo?

—No, señor, sólo había una.

—Muy bien, siga.

—He pensado que algún vecino se la habría dejado, he abierto, he entrado y me he encontrado con el cadáver y con el señor Tarantino temblando. Entonces he cerrado, he subido a casa, he llamado a la comisaría, he vuelto a bajar y he abierto el portal, me toca hacerlo por las mañanas; pero lo he abierto sólo a medias, para que no se viera a la muerta desde la calle. Y luego me he quedado de guardia a esperar a la policía.

—Ha actuado muy bien. Y, dígame, ¿había visto antes a esa chica?

—No, señor.

—No vivía aquí —terció la señora Ciccina muy convencida.

—Pero ¿usted cómo lo sabe si no la ha visto?

—Sí la he visto. He oído lo que decía Aurelio por teléfono y he bajado a echar un vistazo. No sólo no vivía aquí, sino que no la había visto en la vida.

—Pero tenía la llave del portal... —objetó Montalbano.

—Puede que viniera de noche, a escondidas, cuando todo el mundo dormía —aventuró la señora Ciccina.

—¿Y qué vendría a hacer aquí de noche?

—¿Qué quiere que viniera a hacer aquí de noche una chica guapa? ¡Tampoco hace falta mucha imaginación!

—¿Y a quién venía a ver, según usted?

—Yo nunca, en toda mi vida, he espiado a nadie —replicó la señora Ciccina con decisión.

Había que abordarla dando un rodeo.

—¿Cuántas plantas tiene el edificio?

—Seis. Y cuatro puertas por rellano.

—¿Hay algún piso alquilado a solteros?

—Sí, señor. Uno al señor Guarnotta y otro en el quinto, donde vive el contable Ballassare.

—Muy bien, gracias —contestó Montalbano, levantándose ya.

—Luego también hay dos pisos alquilados a dos jovencitas —continuó la señora Ciccina—. Una se llama Gioeli y la otra Persico. Si usía me lo permite, yo hablaría con esas dos chicas.

—¿Por qué?

—Porque, cuando se trata de asuntos de cama, nadie puede poner la mano en el fuego y decir que una mujer es una mujer y un hombre un hombre. ¿Me explico?

Se explicaba divinamente.

Bajó a la calle. Aún no había llegado ninguno de los miembros del circo ambulante.

—Por lo visto, la chica no vivía aquí —le explicó a Fazio—. Mira, yo me voy a comisaría. Después de comer, a partir de las tres y media, quiero ver a los señores Guarnotta y Ballassare y a las señoritas Gioeli y Persico. Viven todos en este edificio. Ah, una cosa. Es posible que la muerta tuviera también otra llave, de uno de los pisos. Que la busquen bien en el coche, debajo del cadáver, por todas partes. Hasta luego.

Dos

Volvió a comisaría después del almuerzo, cuando faltaba poco para que dieran las tres y media. Fazio, que lo esperaba, le dio una llave.

—¡La has encontrado!

—No, no la he encontrado, jefe. Ésta es la del portal. Los de la científica no han conseguido ninguna huella clara. También he pedido dos fotos de la chica. —Las dejó encima de la mesa y añadió—: Las dos vecinas ya han llegado.

—Dile a Catarella que haga pasar a la primera y tú quédate conmigo.

Albertina Gioeli iba vestida a medio camino entre una celadora de reformatorio femenino y una monja. Era una treintañera gorda y bigotuda.

—He hecho llamar a don Celestino para que bendijera el portal del edificio —le notificó al comisario nada más sentarse—. Además, estoy haciendo una colecta para que digan cuatro misas cantadas por el alma de esa pobre desventurada a la que han asesinado. ¿Quiere contribuir?

Pillado con la guardia baja, Montalbano contribuyó.

—¿Ha visto alguna vez a esta joven? —le preguntó a continuación, mostrándole una de las fotos.

—¡Jamás!

El comisario decidió que era inútil continuar. Aquélla no era mujer de recibir a otra mujer por las noches. Graziella Persico, en cambio, era otra cosa. Tenía veinticinco años y las piernas largas, llevaba una falda corta e iba muy arreglada. Trabajaba de secretaria del notario Arlotta y nunca había visto a la muerta. El comisario, sin saber por qué, disparó a ciegas.

—Usted vive en el sexto, ¿verdad? Tengo que decirle que al menos dos de sus vecinas, una del segundo y otra del cuarto, me han contado que alguna vez, por la noche, han...

Y ahí se detuvo, porque no se le ocurría qué diantres podrían haberle dicho las dos vecinas. Por suerte, Graziella reaccionó.

—No hago nada malo —replicó, ruborizada—. Soy mayor de edad, no tengo novio, soy completamente libre. Así que, si Pippinello... si el notario Arlotta de vez en cuando me hace una visita... Es muy desgraciado, ¿sabe usted? Su mujer nunca le ha...

—Muchas gracias —la interrumpió Montalbano, y se deshizo de ella.

A primera vista, y quizá también a segunda y a tercera, el contable Ballassare no era persona de recibir a jovencitas de noche. Había cumplido los cincuenta, iba vestido impecablemente todo de negro y tenía el aspecto demacrado de un huérfano, de alguien que arrebata las ganas de vivir al que se le acerca.

Nunca había visto a la muerta.

—Tengo una curiosidad. ¿Usted dónde trabaja, señor Ballassare?

—En una empresa de pompas fúnebres.

¿Cómo iba a trabajar en otro lado? Era de cajón.

Nada más entrar, Davide Guarnotta estrechó la mano al comisario y sonrió a Fazio. Era un chico atractivo, de treinta años, pelo y ojos castaños, simpático, de aspecto cordial.

—¿Os conocéis? —preguntó Montalbano.

—Esta noche el señor Guarnotta no ha dormido en su casa —explicó Fazio—. Ha vuelto hacia las ocho y los agentes no querían dejarlo pasar. He intervenido yo y lo hemos solucionado.

—Para asegurarse de que no era periodista, ha subido conmigo y me ha acompañado hasta que he abierto la puerta de casa —añadió Guarnotta.

—¿Puedo preguntarle por qué ha dormido fuera? —dijo Montalbano.

—¿No se lo imagina? —preguntó el chico a su vez, sonriendo.

—Y, por el contrario, ¿alguna vez duerme en su casa, pero acompañado?

—Alguna vez, raramente.

—¿Y eso?

—Soy celoso de mis cosas. Por ejemplo, me molesta que una desconocida hurgue entre mis fotos.

—¿Es fotógrafo?

—No, soy cámara *freelance*. Trabajo mucho para Televigàta. La fotografía es una afición.

—¿Ha visto alguna vez a esta chica?

Guarnotta cogió la foto y la miró un buen rato. Luego negó con la cabeza.

—Nunca. Pero se parece muchísimo a una rusa que conozco.

—¿Seguro que no es la misma?

—Segurísimo.

Cuando se despidieron de Guarnotta, Montalbano y Fazio se quedaron mirándose en silencio.

—Será difícil identificarla —dijo por fin el inspector.

—Coge una foto y enséñasela a todos los vecinos de la escalera —ordenó el comisario—. Empieza cuanto antes, aunque creo que será inútil. La única esperanza es que el *dottor* Pasquano pueda decirnos algo después de la autopsia.

Aunque seguro que se lo tomará con calma; ése no dará señales de vida antes de tres o cuatro días.

Cuando Fazio se hubo ido, llamó a Catarella.

—Coge esta foto y mira a ver si se corresponde con alguna denuncia de desaparición.

—Ahora mismísimo, *dottori*.

Más tarde, cuando salía de la comisaría para volver a su casa en Marinella, Catarella le devolvió la foto y lo informó de que entre las jóvenes desaparecidas no había ninguna que se pareciera ni remotamente a la asesinada.

A la mañana siguiente, Fazio le contó que, de todos los vecinos de la escalera, sólo una señora, al ver la foto de la chica, había dicho que la tenía vista. Para todos los demás, en cambio, era una desconocida.

—¿Cómo se llama esa señora?

—Adele Manfredonio. Tiene ochenta años y un marido paralítico, y vive en el tercero.

—¿Ochenta años? Pero ¿ve bien?

—Tiene una vista perfecta, jefe, y ha querido demostrármelo leyendo los titulares del periódico a cinco pasos de distancia.

—¿Y cuándo dice que la ha visto?

—Una noche del mes pasado, hacia las dos de la madrugada, al abrir la puerta de su casa y salir al rellano. La chica estaba empezando a subir el siguiente tramo de escalera para ir al piso de arriba.

—Un momento. Entonces, ¿cómo le vio la cara?

—Porque la chica, al oír ruido, se paró y se dio la vuelta. Dice la señora que hasta le sonrió.

—A ver, explícame qué hacía la vieja a las dos de la madrugada en el rellano.

—Buscaba al gato, que a veces se escapa y vuelve tarde.

A Montalbano se le ocurrió una idea.

—¿Te acuerdas de lo que nos dijo Guarnotta? ¿Que tenía una amiga rusa que se parecía a la muerta? Vamos a comprobar una cosa. Intenta hablar con Guarnotta y me lo pasas.

Al cabo de cinco minutos, Fazio ya tenía al joven al aparato. Montalbano puso el altavoz.

—Perdone que lo moleste, pero me gustaría que me contestara a una pregunta importante. Hace más o menos un mes, ¿esa amiga suya rusa que se parece a la joven asesinada fue a su casa de noche?

—¿Natacha? Sí. Y volvió otra vez hace una semana, ya que lo pregunta. Vino a despedirse.

—¿Se iba a algún lado?

—Volvía a San Petersburgo. Un ataque de nostalgia. Regresa dentro de un mes.

—Es evidente que la señora Manfredonio vio a Natacha —dijo Montalbano después de colgar.

—Estoy de acuerdo —respondió Fazio—, pero aún nos queda por resolver una duda como una casa: ¿por qué la muerta tenía la llave del portal?

Hacia las once de esa misma mañana, Montalbano hizo una tentativa. Llamó al Instituto Anatómico Forense y preguntó por el *dottor* Pasquano. Creía que le dirían que lo intentara más tarde; en cambio, el forense se puso al momento.

—¿Cómo es que no está trabajando, *dottor*?

—Perdone, pero ¿tengo que rendirle cuentas a usted? Si tanto le interesa, había hecho una breve pausa para ir al retrete. ¿A usted no le pasa nunca? ¿O prefiere hacérselo encima? En fin, ¿me hace el favor de contarme por qué ha decidido tocarme los cojones a estas horas de la mañana?

—Sólo quería saber algo de la chica a la que acuchillaron.

—Tenga paciencia y espere su copia del informe.

—Pero ¿no puede adelantarme algo?

—Pagando.

—¿Le parecen bien seis *cannoli*?

—Dejémoslo en diez y no se hable más.

El comisario se detuvo en el Cafè Castiglione, compró una bandeja de diez *cannoli*, volvió a subir al coche y se dirigió a Montelusa. Lo primero que hizo Pasquano fue zamparse un *cannolo*. Lo segundo, zamparse otro. Luego miró a Montalbano y le preguntó:

—¿Qué quiere saber?

—Todo lo que pueda decirme.

—Para empezar, era muy jovencita, no creo que llegara a los veinte años. Un cuerpo muy cuidado. De una intervención dental puedo deducir que se trata de una chica del Este. La violaron dos hombres, durante un buen rato y de todas las formas posibles e imaginables. Luego le ataron las muñecas y la colgaron de un gancho, las marcas son evidentes, y se pusieron a torturarla sistemáticamente.

Montalbano palideció. Pasquano se dio cuenta.

—¿Qué pasa, se impresiona? ¡Pues empezamos bien! A ver, ¿qué hacemos?

—¿Quiere continuar, por favor? —replicó el comisario con brusquedad.

—¡Uf, cómo se pone! Sí, señor, la torturaron durante horas y le infligieron cortes por todo el cuerpo con un puñal afiladísimo. Luego las incisiones fueron más profundas y la dieron por muerta. Le desataron las muñecas y la dejaron tirada en el suelo. Seguro que pensaban volver para deshacerse del cadáver, pero la chica, que tenía un físico excepcional, se repuso y consiguió salir, coger el coche y llegar a la via Pintacuda. En las plantas de los pies tenía rastros de hierba y de alquitrán. Y eso, muy señor mío, es todo. ¿Se come un *cannolo* conmigo?

Montalbano dijo que no con la cabeza. Se le había cerrado la boca del estómago.

—¿Usted por qué cree que la torturaron?

—Es probable que formara parte de una banda criminal. Traicionaría a sus cómplices o se negaría a decirles algo que sólo sabía ella. Ah, un detalle. Para que no gritara, le metieron el sujetador en la boca. Y se tragó el cierre.

Montalbano refirió a Fazio todo lo que le había dicho Pasquano. El inspector adoptó una expresión recelosa.

—¿Qué es lo que no te convence?

—Esa historia de que, según Pasquano, la chica debía de formar parte de una banda criminal.

—¿Y por qué no?

—Jefe, en el estado en que se encontraba, esa pobre chica no debió de conducir mucho. La cosa pasó en Vigàta o en los alrededores. ¿Y aquí qué bandas criminales hay? ¿Y tan bestias, además? Porque asunto de la mafia no es, ellos no actúan así.

—Estoy de acuerdo contigo.

—Entonces, ¿usía de qué cree que se trata?

—De proxenetismo.

—Explíquese.

—Por Vigàta circulan unas cuantas chicas extranjeras, importadas para hacer la calle. Y sus chulos saben ponerse duros si alguna se sale del guión, tienen que dar ejemplo. El hecho de que la violaran en grupo me parece bastante indicativo.

—Sí, puede que los tiros vayan por ahí.

—Si las cosas son así, sólo hay una posibilidad. Ese comercio de carne joven aquí únicamente es posible con el beneplácito de la mafia. Que también se lleva su tajada.

—Es cierto.

—Tienes que informarte. ¿Quién está en el ajo? ¿Los Cuffaro o los Sinagra? Saberlo sería un buen principio.

—Trato de enterarme hoy mismo.

—Sí, porque...

—¿Porque qué?

—Porque un homicidio tan atroz, despiadado, precedido de una larguísima tortura, quizá a la mafia no le haga ninguna gracia, o como mínimo a una parte de la mafia. Es más, ¿sabes qué te digo? Esta tarde le pediré a Zito que me entreviste. Dame la foto de la chica.

Nicolò Zito, el periodista de Retelibera del que Montalbano era íntimo amigo, interrumpió la grabación.

—Perdona, Salvo, pero tal como está saliendo la entrevista no puedo emitirla. Eres demasiado explícito con los detalles, esto parece una película de terror. Trata de suavizarlo.

—Por desgracia, no es una película, y justamente lo que quiero transmitir es eso: el terror. Pero de acuerdo, me modero.

Volvieron a empezar.

Tres

«—...Y a pesar de que, por las torturas sufridas, hubiera quedado reducida a una masa de carne sanguinolenta, la pobre muchacha encontró las fuerzas necesarias para subir al coche, conducir un rato, abrir el portal de la via Pintacuda y entrar. Pero una vez allí se desplomó, ya sin vida.

»—¿Conocía a alguien en la via Pintacuda?

»—Ningún vecino ha admitido conocerla, pero la joven tenía la llave del portal. Alguien se la daría.

»—¿Y llevaba también la llave de algún piso?

»—No lo sabemos. Nosotros no la hemos encontrado.

»—¿Cuál cree que fue el móvil?

»—Una trágica, o más bien degenerada, demostración de poder.

»—¿Podría explicarse mejor?

»—No. No me pregunte más, por favor.»

Zito le hizo un gesto al cámara para que parase.

—Joder, ¿qué forma de acabar una entrevista es ésta? ¡Es una respuesta que no dice nada! —protestó el periodista.

—No te dice nada a ti, pero habrá quien lo entienda. No puedo ser más claro, porque yo mismo sólo puedo hacer suposiciones. Entre tú y yo, te diré que creo que es obra de proxenetas. Es probable que la chica se rebelara y esa gente quisiera dar ejemplo, demostrar de lo que son capaces. Te pido un favor, Nicolò, pasa más veces su foto, diciendo que quien la reconozca se ponga en contacto con nosotros o con vosotros de inmediato.

De la sede de Retelibera, que estaba en Montelusa, Montalbano se dirigió tranquilamente a Vigàta. Pasó un par de horas en su despacho firmando papeles inútiles y luego se fue pronto a Marinella, porque quería ver las noticias de las ocho. En efecto, a pesar de que las había suavizado, las descripciones que hacía de la violación y de las torturas provocaban horror y consternación. Después puso la mesa en el porche y se deleitó con la pasta *'ncasciata* que le había dejado Adelina. A las diez volvió a encender el televisor. Nicolò Zito estaba diciendo que había recibido decenas de llamadas de espectadores indignados que querían ver pronto entre rejas a los asesinos. Informó también de que dos hombres habían creído reconocer a la muchacha, pero no añadió nada más al respecto. Las noticias acababan de terminar cuando sonó el teléfono.

—Quería hablarte de esas dos llamadas —dijo Zito.

—¿Anónimas?

—Sí. Dos voces de hombre. Los dos han dicho lo mismo: la chica, que no saben cómo se llamaba, trapicheaba en el Labrador.

El Labrador era un local enorme, con dos pistas de baile. Una era el reino de los jovencitos; la otra, mucho más pequeña, tenía todas las características de un club nocturno exclusivo. Era bien sabido que pertenecía a la familia Cuffaro.

Sin duda alguna, la noticia resultaba interesante. A las doce, el comisario puso el informativo de Televigàta, la competencia de Retelibera, un canal progubernamental que no le hacía ascos a echar disimuladamente una mano a la mafia de vez en cuando. Ragonese, su periodista estrella, estaba entrevistando a un cincuentón vestido con elegancia, achaparrado y con bigote.

«—¿Usted, señor Lacuccia, es el gerente del Labrador?

»—Sí, desde hace un año.

»—¿Ha oído el insistente rumor según el cual la muchacha asesinada traficaba con drogas en su local?

»—Lo he oído.

»—¿Ha visto la foto de la víctima que se ha difundido?

»—Sí, la he visto.

»—¿Qué puede decirnos sobre este asunto?

»—Esa chica, de la que sólo sé el nombre, Vera, estuvo yendo por el Labrador una temporada, pero luego di orden de que no la dejaran entrar.

»—¿Por qué?

»—Porque llegó a mis oídos que vendía drogas. Es algo que no tolero en mi local.

»—¿Vera iba sola o acompañada?

»—Ésa dejaba que la acompañara cualquiera.

»—Así pues, ¿usted supone que el homicidio puede ser un ajuste de cuentas entre traficantes?

»—Me parece evidente.»

Montalbano apagó y fue a acostarse.

—¡Ah, *dottori*, *dottori*! ¡Ah, *dottori*! —exclamó Catarella a la mañana siguiente, nada más verlo aparecer.

Aquella quejumbrosa letanía quería decir que había llamado «el *siñor* jefe *supirior*», como lo llamaba él.

—¿Qué quería?

—Dice que usía lo llame a él, que sería el *siñor* jefe *supirior*, urgentísimamente con mucha urgencia y ahora mismísimo.

—Muy bien.

El comisario entró en su despacho, se sentó y llamó al jefe superior.

—¿Montalbano? Anoche vi su entrevista. Un poco cruda, ¿no?

—Quería conseguir...

—Sí, lo he entendido. De todos modos, me gustaría advertirle de que en la fiscalía han decidido encargarle el caso a Narcóticos. Si se lo solicitan, me hará el favor de colaborar con el *dottor* Gianquinto. Ah, para que esté al tanto: el gobernador civil ha dispuesto el cierre del Labrador durante quince días. La medida se notificará esta tarde.

Montalbano le dio las gracias y colgó. Luego llamó a Fazio y le contó la conversación que acababa de mantener.

—¿Y ahora qué hacemos?

—Nos lo pasamos por el forro. Seguimos con lo nuestro. Total, ¿no dice que colabore? ¿Tienes alguna noticia?

—Sí, jefe. El control de la prostitución lo llevan dos eslavos que, sin embargo, tienen que rendir cuentas a los Cuffaro.

—¿Y lo de la droga quién lo dirige?

—Los Cuffaro. Los Sinagra están pasando un período de vacas flacas.

—Y los Cuffaro son precisamente los propietarios del Labrador.

—¿Y eso tiene algo que ver?

—Tiene, tiene. ¿Viste la entrevista con el gerente del Labrador?

—Sí, jefe.

—Ése quiere dárnosla con queso. Es un intento de despiste y la fiscalía ha picado. Los Cuffaro están arriesgando mucho al dirigir la investigación hacia las drogas. ¿Tú de verdad te puedes creer que un subordinado de los Cuffaro reconozca en público que en su local se han pasado drogas? ¿Y provocar que se lo cierren quince días? Si lo ha hecho, ha sido por orden de la familia. Eso quiere decir que detrás del homicidio de la chica hay algo muy gordo que quieren mantener escondido cueste lo que cueste.

—Yo ya le he dicho al fiscal que la historia del ajuste de cuentas no me convencía, pero él se ha empeñado —aseguró Gianquinto—. Los camellos resuelven sus diferencias con una ráfaga de metralleta y santas pascuas. No pierden el tiempo violando, torturando y cosas así.

Se había presentado en la comisaría cuando Montalbano estaba saliendo para ir a almorzar. Como le caía bien, lo invitó a la *trattoria* de Calogero.

—Estos salmonetes están de muerte. ¿Me cuentas qué piensas tú?

Montalbano se lo dijo. Gianquinto pareció quedarse convencido.

—¿Cómo podemos actuar? —preguntó.

—Hay una forma. ¿Los Cuffaro quieren hacernos creer que es un asunto de drogas? Pues nosotros como si nos lo creyéramos. Hagámosles un poco de daño y a ver si el jueguecito les sigue saliendo a cuenta.

—Explícate.

—Mira, yo que tú iría ahora mismo a hacer un registro a lo grande en el Labrador, seguro que encuentras algo, porque no habrán tenido tiempo de despejar. Entonces el cierre pasa de quince días a indefinido, con la consiguiente detención del gerente. Y así, el mal menor para los Cuffaro se vuelve mal mayor. Luego, si es que has encontrado algo, claro, das una buena rueda de prensa y afirmas que tienes la firme intención de seguir por ese camino.

—¡Una idea excelente! —contestó Gianquinto—. En cuanto acabemos me pongo en marcha.

A las ocho de la noche, Gianquinto dio señales de vida. Estaba emocionado y, a diferencia de lo habitual en él, habló en dialecto:

—Pero ¿tú has consultado a una bruja o qué?
—¿He acertado?
—¡De lleno! En su despacho, el gerente, ese que no toleraba drogas en su local, tenía un escritorio con una pata hueca. ¡Y dentro había una buena cantidad de heroína, coca y porquerías químicas varias!
—¿Y, mientras, el gerente dónde estaba?
—Montalbà, que no me chupo el dedo. Estaba presente durante el registro, lo mismo que uno de sus guardaespaldas. Nadie podrá decir que la mierda la hemos puesto nosotros.
—¿Para cuándo la rueda de prensa?
—Mañana a las once.
Montalbano la vio a la una del mediodía, mientras comía en la *trattoria* de Calogero, emitida por Retelibera. En un momento dado, como un caballero, Gianquinto dio las gracias a su colega Montalbano por los consejos que le había ofrecido. Aunque no dijo cuáles habían sido.

—*Dottore*, según usía, ¿cuánto puede ganar en total un cámara sin empleo fijo? —preguntó Fazio.
Montalbano lo miró extrañado.
—Y yo qué sé. ¿Por qué me lo preguntas?
—Además del Renault con el que va por ahí, Davide Guarnotta posee un Ferrari estupendo. Y encima un barquito de doce metros con el que de vez en cuando sale de paseo...
—¿Lo estás investigando?
—Pues sí.
—¿Y por qué?
—Es el único de todo el edificio que pudo haberle dado la llave a la chica.
De eso no había ninguna duda.
—Podría ser de familia rica.

—Jefe, su padre era barrendero y su madre, asistenta. Gente decente, pero sin un céntimo.

—Habría que enterarse de si en algún banco...

—Ya está hecho. Tengo un contacto en el Credito Siciliano. Me ha dejado claro que al amigo Guarnotta no le falta dinero.

—¿Y de dónde lo saca?

—Ahí está el quid de la cuestión.

Se produjo una explosión espantosa. El comisario se encaramó a la silla de un salto y Fazio se echó hacia delante encorvando la espalda. El estruendo lo había provocado la puerta al chocar contra la pared.

—Pido *comprinsión* y *pirdón*, pero se me ha ido la mano —dijo Catarella, plantado en el umbral.

«Yo un día de éstos le pego un tiro», pensó Montalbano, pero se limitó a decir:

—¿Qué pasa?

—Ahora mismito acaban de traer este sobre para usía —informó Catarella, antes de avanzar y dejarlo encima de la mesa.

Era un sobre acolchado, sin dirección ni remitente.

—¿Quién lo ha traído?

—Un hombre —aseguró Catarella.

—¡¿No me digas?! —replicó Montalbano, fingiendo asombro—. ¿Un hombre? ¿Estás seguro? ¿No era un crustáceo ni un perezoso?

—No, señor *dottori*. Se lo puedo jurar. Hombre era, indudablemente sin duda.

—¡Fuera de aquí y deja de tocarme los cojones! —estalló el comisario.

Abrió el sobre. Dentro sólo había una cinta VHS.

—Si quiere verlo ahora... —propuso Fazio—. En el despacho del *dottor* Augello hay un reproductor.

—A propósito, ¿cuándo vuelve del permiso?

—Dentro de una semana.

Fueron allí, se sentaron detrás de la mesa y Fazio accionó el aparato.

Se vieron los títulos de crédito de una película muda que se llamaba *Un amor infinito*. Era italiana, una rareza, debía de tener setenta años o poco le faltaba. Las imágenes se veían pálidas y los actores parecían fantasmas.

Al cabo de un rato, Montalbano se levantó, harto.

—No tengo tiempo que perder con estas chorradas —dijo.

—Un momento —pidió Fazio—. Esta película no creo que sea fácil de encontrar en un videoclub.

—¿Y qué?

—¿Sabe que un sobrino de los Cuffaro que se llama Carlo Tito es un famoso coleccionista de películas mudas?

Montalbano volvió a sentarse al momento. La cinta contaba los amores entre un leñador guapo y forzudo y la mujer, guapa y jovencita, del más rico del pueblo, viejo y feo, que vive en una casa al lado del bosque. Entre el leñador y la joven hay muchas miraditas y muchos suspiros a distancia. Por fin, un buen día, se presenta la ocasión. El viejo le dice a su mujer que va a pasar toda la noche fuera, de juerga con sus amigos. Entonces, la joven manda a su fiel criada a avisar al leñador, el cual, a una hora determinada, se mete en la casa, y por fin los dos pueden pasar una feliz noche de amor.

Cuatro

Mientras tanto, el viejo, que está emborrachándose con una veintena de personas, entre amigos y putas, decide llevarse a todo el mundo a casa. El griterío alerta a los dos amantes, que se ven perdidos. En ese momento, el leñador le dice a la chica que grite «Al ladrón» y se tira por la ventana. Todos los presentes se lanzan tras él. Sin embargo, en su huida, el leñador mete el pie en un cepo. Para salvar el honor de su amada, coge el hacha que lleva colgada de la cintura, se corta el pie y se arrastra hasta la orilla de un lago. Al comprender que sus perseguidores están a punto de darle alcance, se suicida tirándose a las profundas aguas. Y, como no se encuentra su cadáver, todo el mundo grita que el que ha entrado en la habitación de la joven ha sido un ladrón.

—¿Has comprendido el sutil mensaje? —preguntó Montalbano al final.

—Sólo en parte —reconoció Fazio—. Explíquemelo bien usía.

—Es la respuesta a la rueda de prensa de Gianquinto. Los Cuffaro me mandan decir, en primer lugar, que han comprendido perfectamente que detrás de la clausura del Labrador estoy yo. En segundo lugar, dejan claro que están dispuestos no sólo a cortarse un pie, es decir, a dejar que les cierren el Labrador, sino incluso a perder algo más valioso antes que dejar a alguien con el culo al aire. En resumen, lo que dicen es que no pueden actuar de otra forma, que se trata de un tema de mucho calibre y que están preparados para perder hombres y dinero.

—Y también dicen algo más —afirmó Fazio.

—¿El qué?

—Que con un asunto tan gordo, hasta usía tiene que guardarse las espaldas.

—Eso ya lo he entendido. Mientras veía la película, se me ha ocurrido algo que tiene que ver con Davide Guarnotta. Seguramente has acertado al pensar que el único que pudo entregarle la llave a la muerta era él, Guarnotta. Puede que el muy hijo de puta nos esté dando por culo. Puede que la amiguita rusa que tanto se parece a la víctima no exista, que se la inventara sobre la marcha. Quizá era la muerta la que iba a verlo por la noche a su casa. Vamos a apretarle las clavijas. Búscalo y entérate de dónde está.

Después de varias llamadas, Fazio consiguió hablar con Guarnotta.

—Está ocupado en Televigàta hasta las ocho de la tarde, trabajando en el estudio.

—Perfecto. Son las seis y media. Tú te vas ahora mismo a Televigàta con dos agentes de uniforme y un coche patrulla con las sirenas encendidas. Tienes que montar jaleo, un alboroto de mil demonios. Si están grabando, los interrumpes y entras igual. Como si fueras a detenerlo. Y le comunicas que mañana por la mañana a las nueve lo espero aquí en comisaría. Y amenázalo, dile que tiene que presentarse sí o sí.

—¿Y luego?

—Luego, yo me voy a Marinella. Adiós.

• • •

Se despertó poco antes de las siete, cuando llamó Fazio.

—Jefe, hace una hora ha llamado uno para decir que en la playa de poniente había un coche con un ocupante que parecía muerto. He venido y era Guarnotta. Aquí estoy, he avisado al circo ambulante. ¿Viene usía?

—¿Para qué? ¿Cómo ha muerto?

—Yo no he abierto el coche. No hay heridas aparentes, no se ve sangre. Va en mangas de camisa, está completamente apoyado en el respaldo del asiento del conductor, con la cabeza echada hacia atrás, los ojos como platos... Junto a los pies hay un cordón y una jeringuilla. Puede que haya sido una sobredosis.

—¿Cómo reaccionó ayer cuando le comunicaste que lo convocaba?

—Se quedó blanco como el papel, jefe, y sólo dijo que muy bien.

—En cuanto acabes, vete para comisaría.

A saber por qué, pero a Montalbano la muerte de Guarnotta le pesaba en la conciencia.

—*Dottori*, ahora mismito uno ha *tilifoniado* para decir que anoche lo que sería por la noche, o sea, lo que vendría a ser ayer por la noche, hubo un robo.

—¿Dónde?

—Donde el asesinato, en la via Pintacucuda, allí donde el número dieciocho. En casa del *siñor* Guarnotta.

Salió a toda pastilla, cogió el coche y llegó a la via Pintacucuda. Ninguno de los vecinos se había enterado aún de la muerte del cámara. Y Montalbano no se lo contó. La que se había dado cuenta de que habían entrado a robar en el piso había sido la señora Oliveri, que vivía justo delante.

—Al salir he visto que la puerta estaba abierta, así que me he acercado y he llamado a Guarnotta, pero no ha contestado nadie. He entrado y lo he visto todo patas arriba.

Lo primero que observó Montalbano fueron dos llaves metidas en una anilla y tiradas en el suelo del vestíbulo. Las probó en la cerradura y una de ellas abría. La otra debía de ser la del portal. Los ladrones habían entrado con las llaves que le habían quitado al cadáver de Guarnotta. Colgada de un clavo en el marco de la puerta había otra llave. Montalbano la cogió y la probó. También abría la cerradura. Era la copia de repuesto. Por lo tanto, faltaba otra llave de repuesto para el portal. Blanco y en botella. La que había utilizado la muerta era de Guarnotta, no cabía duda.

Fotos de chicas desnudas colgadas de las paredes eran la única decoración de la vivienda. Había un televisor muy grande conectado a un reproductor de vídeo. Al lado, un mueblecito que debía de haber contenido los más de un centenar de vídeos porno que en ese momento estaban tirados por el suelo, desperdigados, como si los hubieran mirado uno a uno. Montalbano tardó muy poco en convencerse de que aquello no había sido un robo. No se habían llevado el vídeo ni las valiosas cámaras de fotos ni el televisor. En lugar de eso, habían hecho un registro de primera. No habían dejado un solo rincón sin rebuscar. Regresó a la comisaría pensativo. Al llegar, le dijo a Catarella que no quería que nadie lo molestara, sólo podía entrar en su despacho Fazio cuando volviera. Pasó un buen rato reflexionando. ¿Qué se va a buscar a la casa de un cámara? Algo que tenga que ver con su trabajo; es decir, alguna grabación. Una grabación de algo comprometedor. Se acordó de la película muda. Algo comprometedor para gente que debía quedar a toda costa por encima de toda sospecha... Una idea veloz como un relámpago atravesó su mente.

Un momento, Montalbà. ¿Y si Guarnotta había grabado con su cámara alguna escena que resultaría peligrosa si se pusiera en circulación? ¿Y si hubiera hecho una copia? ¿Quizá para utilizarla en un chantaje? Y tal vez eso, el chantaje, fuera algo que llevaba un tiempo haciendo. Eso habría explicado de dónde salía el dinero que tenía el muchacho. Sin embargo, ¿qué podía haber grabado que fuera tan peligroso como para que los Cuffaro estuvieran dispuestos a pagar un precio elevado para que no saliera a la luz? ¿El momento en que un diputado se metía un soborno en el bolsillo? En ese caso, el diputado lo habría explicado diciendo que el dinero era para obras de caridad. ¿Y entonces? Por un momento, le vino a la cabeza el sueño que había tenido. Desde luego, si hubiera grabado a un político comprando a una mujer en el mercado de las esclavas sexuales y se supiera que luego a esas mujeres las llevaban «al desguace», la cosa habría tenido otro efecto.

¿Al desguace? ¿Qué querría decir eso exactamente? Se le ocurrió una respuesta de la que él mismo se asustó. ¿Y si a aquellas chicas las desguazaban en presencia de gente a la que le gustaba ver desguazar a chicas guapas, gente que pagaba cifras vertiginosas por asistir al espectáculo? ¿Y si también participaban en el desguace? ¿Y si la escena se grababa y luego a cada uno le tocaba una copia de regalo? No, eso era demasiado, demasiado... Su cerebro se negaba a aceptarlo. «Una trágica, o más bien degenerada, demostración de poder», había dicho en la entrevista. No había sabido explicarse el porqué de esas palabras. Le habían salido así, de forma espontánea. Pero habían sido perfectas. En ese momento se presentó Fazio.

—El *dottor* Pasquano ha dicho enseguida que a Guarnotta lo han suicidado con una sobredosis. Había periodistas delante. ¡Imagínese la que se ha montado!

—¿Cómo está tan seguro?

—Porque no había rastro de más pinchazos que el que le ha causado la muerte. Además, en los brazos y en las piernas tenía hematomas, lo que indica que lo estaban agarrando mientras le clavaban la aguja.

—¿Te acuerdas de la película? Lo han suicidado en el lago.

—Es verdad. Ah, quería decirle que en el coche no se ha encontrado nada personal, ni siquiera las llaves de su casa.

—Las llaves se las han quitado los asesinos para ir a registrar su piso. Y ahora las tengo yo, son éstas. Y tengo también casi la certeza de que fue Guarnotta el que le dio la del portal a la chica.

Fazio lo miró asombrado. Montalbano le contó la historia del robo y la llave del portal que faltaba en el juego de repuesto.

Sonó el teléfono.

—*Dottori*, parece que estaría presencialmente un *siñor* que no me acuerdo del nombre, pero que se llama como uno de los tres reyes magos —anunció Catarella.

—¿Melchiorre? —sugirió Montalbano.

—¡Exacto!

—Muy bien, que pase.

En realidad, era otro supuesto rey mago. Se trataba del contable Ballassare, el de las pompas fúnebres. Tenía aún más cara de pena de lo habitual.

—Me he enterado por la televisión de que el pobre Guarnotta ha muerto trágicamente. Corre la voz de que ha sido asesinado. ¿Es cierto?

—Eso parece —contestó Montalbano.

—Entonces tengo un deber que cumplir. Hace dos días, Guarnotta me dio un sobre y me dijo que se lo entregara a usted en caso de que sufriera una muerte violenta. Aquí lo tiene. Adiós.

Salió dejando al comisario y a Fazio atónitos. Luego el primero abrió el gran sobre acolchado, del que sacó una nota y tres cintas VHS.

La chica se llamaba Olga Bergova, tenía diecinueve años. No sé decirle más. Había estado tres veces en mi casa. A las otras dos era la primera vez que las veía. La idea de grabar una violación en grupo que culminase en homicidio en presencia de pocos pero adinerados espectadores que pagaran por participar fue de Milko Stanic, uno de los dos importadores locales de chicas del Este, con la aprobación de los Cuffaro. Pretendía comercializar las copias a escondidas de los participantes, que, por otro lado, serían irreconocibles. Sin duda, la llave se me cayó durante la grabación y Olga debió de darse cuenta. Al quedarse sola, la recogió y, sabiendo que estaba a punto de morir, vino a mi casa para ponerlos sobre mi pista y la de la organización. Lo consiguió. A mí, estoy casi seguro, me harán pagar la historia de la llave.

—¿Te ves con fuerzas de verlos conmigo? —preguntó Montalbano.

Fazio, resignado, se encogió de hombros.

Tardaron tres horas. Habían asistido a tres homicidios, a tres sacrificios humanos. Las chicas, pobrecillas, cambiaban, pero los participantes, tanto en la violación como en el homicidio, eran diez y se veía que eran siempre los mismos, pese a que iban desnudos y encapuchados.

—Voy a beber un vaso de agua —dijo Fazio, que se había quedado pálido.

—Tráeme uno a mí también —pidió el comisario.

No se sentía capaz de levantarse, no tenía fuerza en las piernas, notaba una opresión en el pecho. Sus suposiciones quedaban confirmadas por los vídeos.

Sin embargo, eso no le dio ninguna satisfacción. Al contrario. Se bebió el agua como si se muriera de sed.

—¿Cómo es posible que no hayamos encontrado los cadáveres de las otras dos? —se preguntó Fazio.

—Puede que los hayan disuelto con ácido —dijo Montalbano. Y añadió—: Yo a uno de los encapuchados lo he reconocido. El gordo bajito que tiene el tic de juntar tres veces el pulgar y el índice de la mano izquierda haciendo un círculo cada cinco minutos.

—¿Y quién no lo reconocería? —replicó Fazio—. Si lo hace también cuando sale por la tele, hablando de los valores cristianos y de la santidad de la familia.

—Si nos ponemos, a tres o cuatro los identificamos ahora mismo. Uno renquea y le falta el meñique de la mano izquierda...

—El presidente de los comerciantes, el antiguo subsecretario —confirmó Fazio, sombrío.

—... Un segundo individuo llevaba un ancla tatuada en el hombro derecho, a un tercero se le veía la cicatriz de una operación reciente en el pecho...

—Uno es el presidente del Círculo Náutico; el otro, el asesor provincial para la cultura. Los he visto en bañador —dijo Fazio, casi lamentándose.

El fiscal Gaetano Mistretta se había puesto rojo como un tomate al oír las primeras identificaciones. Se secó el sudor de la frente y dijo:

—Deje aquí los vídeos y ni una palabra a nadie. Usted ya no va a encargarse de este caso. Y el *dottor* Gianquinto tampoco. Lo llevarán los de la Brigada de Homicidios. Es una orden tajante.

Montalbano se puso en pie y se marchó sin despedirse. No protestó. Era inútil, sabía cómo acabaría la cosa.

Según la práctica habitual, el *dottor* Gaetano Mistretta archivó la nota y las cintas de vídeo y las puso en un expediente que rotuló, según la práctica habitual (además de la prudencia), «sospechosos sin identificar».

Antes de abandonar su despacho al término de su jornada laboral, el *dottor* Gaetano Mistretta cogió el expediente de los sospechosos sin identificar y, según la práctica habitual, lo metió en un cajón de su escritorio, que cerró con llave.

Y, una vez más según la práctica habitual, esa misma noche entraron en el despacho del *dottor* Gaetano Mistretta dos ladrones que iban sobre seguro e hicieron desaparecer sólo aquel expediente.

No obstante, y en previsión de lo que sucedería según la práctica habitual, también el *dottor* Salvo Montalbano había actuado de acuerdo a la forma prevista. Así, antes de entregarle la carta de Guarnotta y los tres vídeos al fiscal, le había pedido a Catarella que hiciera copias de todo.

Las tenía bien escondidas, con la esperanza de que llegaran tiempos mejores.

Un albaricoque

Uno

Livia tenía que llegar a Punta Raisi en el vuelo de las ocho y media de la tarde, pero Montalbano no pudo abrazarla hasta las nueve y media, porque el avión aterrizó con una hora de retraso. Dado que era sábado y que no tenía nada que hacer en la comisaría, había ido a buscarla en coche.

Era una noche de finales de septiembre, serena, acogedora y plácida, hasta el punto de que daban ganas de dormir al raso.

—¿Quieres que vayamos directamente a Vigàta?

No sabía lo mucho que iba a arrepentirse de haberle hecho esa incauta pregunta.

—Llegaremos después de las once, demasiado tarde para ir a cenar a Calogero. ¿En casa no tienes nada?

—No.

—Entonces, ¿qué quieres hacer?

—No sé. Me gustaría dar una vueltecita.

—¿Quieres que vayamos a Palermo?

—¡Huy, qué va! Más bien tengo ganas de aire de mar... Oye, ¿por qué no vamos por la carretera de la costa? Es más larga, sí, pero total, ¿quién nos espera? Además...

—¿Además qué?

—Si nos apetece, podemos dormir en el primer hotel que veamos.

No llevaban ni media hora de trayecto cuando Livia comentó:

—Me está entrando un hambre...

—Espera, que ya verás adónde te voy a llevar.

Un cuarto de hora después ya estaban sentados a una mesa de una *trattoria* casi a la orilla del mar, en la que Montalbano sabía por experiencia personal que servían un pescado fresquísimo.

Si a Livia le había entrado apetito, lo del comisario era un hambre de lobo.

Cenaron en abundancia, tanto que, cuando se bebieron el segundo chupito de *limoncello* digestivo, necesitaron dar un buen paseo por la arena compacta.

En el cielo había una luna llena que parecía un globo aerostático.

Cuando volvieron a subir al coche, ya habían dado las doce.

—Ve despacito.

—¿Por qué?

—Porque sí.

Después de tan exhaustiva explicación, Livia echó la cabeza hacia atrás, cerró los ojos y se durmió de golpe.

Al cabo de diez minutos, Montalbano empezó a preguntarse si el sueño no sería contagioso. Le pesaban los párpados. ¿Se habría excedido un poco con el vino blanco?

Fuera como fuese, no le pareció prudente seguir conduciendo con aquella somnolencia. Vio una especie de plazuela, paró, apagó el motor, se puso cómodo y cerró los ojos.

«Dentro de media horita me despierto.»

¡Qué media horita ni qué niño muerto! Cuando volvió a abrirlos y miró el reloj, se dio cuenta de que eran las cuatro de la madrugada. Sin embargo, la cabezada le había sentado bien, se sentía despejado y descansado.

Arrancó. Livia se despertó de inmediato.

—Pero ¿qué hora es?

—Las cuatro.

—¿Y cómo es que aún no hemos llegado?

—Yo también me he dormido.

—¿Dónde estamos?

—Dentro de media hora llegaremos a las salinas.

—En cuanto las veas, para.

Al llegar, y a pesar del resplandor de la luna, de las salinas no se veía prácticamente nada. Livia, que había bajado del coche, miró a su alrededor decepcionada. Luego dijo:

—Llévame ahí arriba.

—¿A Erice?

—Sí. Quiero ver el amanecer en las salinas.

No se sintió capaz de negarse. Y vieron el amanecer en las salinas. Y valió la pena, aunque, a esas alturas, el comisario, a saber por qué, tenía ya muchas ganas de meterse en una cama.

Reemprendieron el camino.

—Cuando lleguemos a Montallegro, sal de la carretera provincial y coge la que bordea el mar.

Montalbano no rechistó. Era una carretera en mal estado, en la que muy a menudo faltaba el asfalto y había socavones y desprendimientos, pero la vista era magnífica.

Dejaron atrás Montereale y entraron en el término de Vigàta, que iba a aparecer ante sus ojos, casi bajo sus pies, en cuanto superasen la curva por la que estaban circulando en ese momento, la llamada «curva Calizzi».

Sin embargo, el comisario frenó pocos metros después.

—¿Qué ocurre? —preguntó Livia.

—No lo sé.

—¿Quieres echarte otra siestecita aquí? —preguntó ella con ironía.

Montalbano no contestó. Metió la marcha atrás y retrocedió despacio. Podía hacer lo que quisiera, no era una carretera transitada. Se detuvo para mirar el guardarraíl.

Hacía ya tiempo que lo había roto un camión que había ido a parar treinta metros más abajo, a la playa, y desde entonces nadie lo había reparado.

—¿Qué ocurre? —volvió a preguntar Livia.

—Que ayer por la tarde pasé por aquí y el guardarraíl no...

—¿No qué? —insistió ella, impaciente.

—No colgaba así en el vacío. Es como si se hubiera caído otro coche.

—Pues vamos a echar un vistazo, ¿no?

Bajaron y se asomaron desde el arcén.

En la playa había un coche que había dado una vuelta de campana. Una de las ruedas aún giraba muy despacio y se detuvo delante de sus ojos.

—¡Dios mío! —exclamó Livia.

—Tú quédate aquí —ordenó Montalbano—. Yo bajo a ver. Si pasa algún coche, páralo, voy a necesitar ayuda.

Estuvo a punto de partirse la crisma dos veces. Quizá, buscándolo, habría encontrado un sendero que llevara hasta la playa, pero no quiso perder tiempo. Cuando por fin pisó la arena, estaba a cuatro pasos del coche. Ya se había hecho de día y se veía bien.

Se tumbó boca abajo. La ventanilla del conductor estaba rota, reducida a la mitad. Dentro había una mujer; no le veía la cara, pero lo adivinaba por la larga melena rubia, completamente ensangrentada. Apartó un poco el pelo, consiguió ponerle una mano debajo de la garganta... No cabía duda: ningún latido. Junto a su mano rodó algo duro. Era una manzana. Se la metió en el bolsillo. Miró durante un buen rato por lo que quedaba de las demás ventanillas, hasta tener la certeza absoluta de que dentro del coche no había nadie más, tan sólo el cadáver de la conductora.

Se puso en pie y levantó la vista. Livia lo contemplaba angustiada desde el arcén. Montalbano hizo bocina con las dos manos para gritar:

—¿Han pasado coches?

—No.

—Entonces, busca un teléfono y llama a comisaría. Avisa de que hay un muerto en la curva Calizzi y luego vuelve.

Se sacó la manzana del bolsillo y la miró. Quizá la mujer se la había llevado para comérsela al volante. Volvió a meterla dentro del coche, se acercó a la orilla del mar, encendió un pitillo y se lo fumó paseando.

Estaba un poco desconcertado. Quizá por la noche extraña que acababa de pasar. O quizá porque había algo que no...

Sí, pero ¿qué? Ésa era la clave.

Fazio llegó con Gallo al cabo de tres cuartos de hora. Montalbano le dijo a Livia que se fuera a Marinella con su coche, que él ya volvería en el coche patrulla. Los bomberos comprendieron enseguida que sin la ayuda de una grúa sería imposible dar la vuelta al vehículo para sacar el cadáver. Estaba demasiado hundido en la arena seca.

El jefe de los bomberos miraba el precipicio por el que había caído el coche y parecía pensativo.

—¿Pasa algo? —le preguntó Montalbano.

—Ha volcado porque, al despeñarse, ha chocado contra ese saliente de ahí. ¿Lo ve?

—Sí. ¿Y?

—Eso significa que al abordar la curva no corría. Es más, yo diría que iba muy despacio.

—¿Cómo lo...?

—Si hubiera salido disparado desde la curva con un mínimo de velocidad, habría pasado por encima de ese saliente, que tampoco despunta tanto, y seguro que no habría volcado.

—Entendido. ¿Cree que el accidente puede haberse debido a la somnolencia o a un desmayo repentino?

—Yo diría que sí.

Montalbano pensó que, de no haber parado a echar aquella cabezada, tal vez él habría acabado igual que la pobre mujer que se había dejado la vida en la playa.

En ese momento llegó el *dottor* Pasquano y, al ver la situación, se puso hecho un basilisco.

—¿Para qué coño me hacen venir, si ni siquiera se ve bien el cadáver?

Luego, al enterarse de que la grúa iba a tardar una hora, o quizá más, les dijo a los enfermeros que le llevaran a la muerta al depósito, se metió en el coche y se marchó renegando, sin despedirse de nadie.

La grúa llegó, en efecto, al cabo de una hora, y tuvo que dedicar otra a maniobras varias antes de encontrar la posición justa para darle la vuelta al vehículo.

Al fin pudieron sacar a la muerta y Montalbano tuvo la posibilidad de verle la cara. Debía de haber sido toda una belleza. Como mucho tendría unos veintitrés años.

Teniendo en cuenta que el fiscal aún no se había dignado hacer acto de presencia, le pidió a Gallo que lo llevara a Marinella.

Encontró a Livia en bañador a la orilla del mar.

—Me doy una ducha y vengo aquí contigo —dijo Montalbano.

Ella, sin abrir los ojos, murmuró algo que el comisario no entendió.

Mientras se desnudaba en el baño, el comisario miró el reloj. Ya eran las once. Se quedó un buen rato bajo la ducha. Luego se puso el bañador y salió hacia la puerta.

—Pero ¿adónde vas?

Era Livia, que estaba tumbada en la cama, riéndose.

—Oye, si nos ponemos ahora en marcha y nos damos prisa, a lo mejor encontramos la *trattoria* de Calogero abierta —propuso él.

—Hummm...

—¿Hummm sí o hummm no?

—Hummm.

«Quizá quiere decir que no», decidió él, y se durmió sin darse cuenta.

Estaba solo dentro de su coche, al volante. Hacía horas y horas que conducía, estaba volviendo a Marinella desde París, adonde había ido a hacer algo que no recordaba. Sin embargo, al llegar a la frontera italiana, los aduaneros franceses le dijeron que tenía que dar un rodeo y meterse en Suiza.

—¿Y eso por qué?

—Secreto de Estado. Y ha de llegar a la frontera suiza dentro de tres horas o, en caso contrario, tampoco podrá pasar por allí.

Emprendió el camino y al poco se detuvo delante de un puesto de fruta y verdura, donde se compró cuatro manzanas y una pera. No podía pararse a comer, porque habría perdido demasiado tiempo. Llegó a la frontera suizo-italiana y los aduaneros suizos armaron un jaleo al ver en el asiento del copiloto la pera intacta, al lado de la única manzana que quedaba.

—Baje del coche. Está detenido.

—Pero ¿qué he hecho?

—Ha tratado de exportar una pera clandestinamente.

—¿Y la manzana?

—La manzana da igual, no está sometida a restricciones.

¿Se habían vuelto todos locos o qué? Bajó del coche y agarró por los hombros al aduanero, que le dio un mamporro. Montalbano le arreó una patada con un grito de desesperación.

Se despertó con sus propios alaridos, sin aliento, sudado. Miró la hora. Las siete de la tarde pasadas.

Livia dormía. La sacudió.

—Despiértate, venga. La cena no pienso saltármela.

Dos

Nada más llegar Montalbano a la comisaría, Catarella se levantó, se puso firme y lo abordó.

—¡Ah, *dottori*, *dottori*! ¡Ah, *dottori*! Ahora mismísimo, no hace ni un minuto, ha *tilifoneado* el *siñor* jefe *supirior*.

—¿Qué quería?

—No lo sé, conmigo no tiene confidencia.

—Pero ¿te ha dicho algo?

—Sí, señor. Ha dicho que en cuanto llegue me llame.

—¿Tengo que llamarte a ti?

—No, *siñor dottori*, a mí en el sentido de a él no, *siñor*. Pero al *siñor* jefe *supirior* sí, *siñor*.

Entró en su despacho y marcó el número directo del jefe superior.

—A sus órdenes.

—Órdenes ninguna. Montalbano, ¿es cierto que ha llegado su novia de Boccadasse?

¿Era posible que en aquel pueblo no se pudiera esconder nada? ¿Cómo podía ser que se supiera todo de todos?

—Sí, señor jefe superior.

—¿Y es cierto que se llama Burlando, como yo?

—Sí.

—Mire, ¿por qué no vienen a cenar a casa esta noche? Ha sido idea de mi mujer, yo no los habría molestado.

¿Podía escaquearse? No.

—Nos encantaría. Gracias. Hasta esta noche.

El jefe superior era todo un caballero y le caía bien, y su mujer hacía maravillas en los fogones. Seguro que Livia no tendría nada que objetar.

Luego Fazio llamó a la puerta y entró.

—¿A qué hora acabasteis ayer en la curva Calizzi?

—¡Ay, no me hable, *dottore*! ¡El fiscal nos hizo esperar tres horas! Si hasta aparecieron los de la policía de tráfico.

—¿Y qué dijeron?

—Llegaron a la conclusión de que la muchacha, aunque iba despacio, no había llegado a tomar la curva y se había ido directa al barranco; es decir, que o se trata de un suicidio o de un accidente por sueño o indisposición de la conductora.

—Aclárame una curiosidad. Dentro del coche vi una manzana. ¿Había más?

—Sí, jefe, había tres. Las llevaba en un cucurucho grande, que debía de tener encima del asiento del copiloto.

—¿Había restos de otras manzanas que se hubiera comido?

—No, jefe. Puede que los tirara por la ventanilla.

El sueño que había tenido lo impulsó a hacer otra pregunta:

—¿Y había peras?

—No, jefe. ¿Por qué me lo pregunta?

—Por nada. Da igual. ¿Sabes cómo se llamaba?

—Claro. Annarosa Testa. Tenía veintitrés años y vivía sola aquí en Vigàta, en la via Mistretta cuarenta y ocho.

—¿Por qué sola?

—Sus padres están en Milán. Se mudaron hace dos años. Pero, según me cuentan, la chica casi nunca andaba por aquí, viajaba mucho.

—¿Quién viajaba mucho? —preguntó Mimì Augello, que entraba en ese momento.

—Una que murió ayer por la mañana en un accidente —contestó el comisario.

—¡Ah, la pobre Annarosa! —exclamó Mimì—. La conocía.

¡Pues claro que la conocía! ¿Cómo no? Si tenía la exclusiva de todas las chicas guapas no sólo de Vigàta, sino de la provincia entera.

—Entonces, háblame de ella.

—Pero ¡si en la tele han dicho que fue un accidente! ¿Qué interés tienes en saber...?

—¿Te molestaría contarme a qué se dedicaba?

—Salvo, se dedicaba a lo que se dedican tantas chicas actualmente. Un día hacía de modelo, otro, si se daba el caso, algún anuncio, o puede que de azafata en algún congreso... Esas cosas.

—¿Salía con alguien?

—Durante un año o poco más fue novia de Giuliano Toccaceli, el hijo de Fofò, el de Montelusa, el comerciante de ropa al por mayor. Pero lo habían dejado hacía poco porque él tenía celos y ella, por lo visto, se permitía algún que otro desliz, digamos, rentable. Más no sé decirte.

Se pusieron a hablar de dos robos que había habido en dos pisos distintos, pero que parecían obra de un mismo individuo.

Livia pasó a recogerlo con el coche que había alquilado y fueron a comer a la *trattoria* de Calogero.

Cuando el comisario mencionó la invitación a cenar del jefe superior, ella torció el gesto y protestó:

—¡Si no he traído nada que ponerme!

—Pero ¿qué te imaginas? Es gente sencilla, ya lo verás. Te sentirás muy a gusto.

Al final lo llevó a la comisaría y después se fue a la Scala dei Turchi a darse un baño a solas.

• • •

Hacia las cinco, de repente y con intensidad, Montalbano volvió a pensar en Annarosa. Aquella inquietud que había sentido mientras observaba el coche volcado en la playa lo invadió de nuevo, en esa ocasión más clara e insistente. Tenía que hacer algo para calmarse. Necesitaba más información.

Levantó el auricular y marcó un número.

—El comisario Montalbano al aparato. ¿Está el *dottor* Pasquano?

—Sí. ¿Quiere que...?

Lo mejor era hablar con él en persona.

—No. ¿Sabe si va a quedarse mucho rato?

—Hasta las siete seguro. Si no lo llaman, claro.

Cogió el coche y se fue al Cafè Castiglione, donde compró una bandeja con seis *cannoli*. Desde allí siguió su camino. Menos de media hora después aparcaba delante del Instituto Anatómico Forense.

—El *dottor* está en su despacho.

Llamó.

—¡Adelante!

El comisario abrió la puerta y entró. Pasquano, que estaba sentado escribiendo, levantó la vista y soltó una imprecación.

—¿Ahora qué coño ha pasado?

—No ha pasado nada, *dottor*. Me he permitido traerle seis *cannoli* recién hechos.

Dejó el paquete encima de la mesa. Pasquano, que era tremendamente goloso, lo abrió, cogió un dulce y empezó a comérselo.

—No está mal. ¿Y cuál sería el precio de este soborno? —preguntó con la boca llena.

—Descubrir por qué la joven muerta en el accidente no tomó la curva y siguió recto...

—Ah.

Le hizo un gesto a Montalbano para que se sentara. Antes de responder, se zampó un segundo *cannolo*.

—¿Alguna vez se le ha quedado atascado en la garganta un trozo de carne o de pan que ni sube ni baja?

—Sí, me pasó una vez. Un bocado de carne demasiado grande y mal masticado.

—¿Recuerda lo que sintió?

—Una sensación de ahogo horrorosa. La imposibilidad de respirar. Me entró pánico.

—Está describiendo exactamente lo que le pasó a esa pobre chica.

—¿Se le quedó un trozo de manzana en la garganta y perdió el control de sí misma y del coche?

—Exactamente. Pero ¿por qué me habla de una manzana?

—Porque dentro del coche todavía quedaban tres.

—No, en la garganta lo que tenía era el hueso de un gran albaricoque.

—Pero ¡si en el coche no había albaricoques!

—¿Y eso qué tiene que ver? Será que se los había comido todos y el último resultó mortal.

En la bandeja quedaba un único *cannolo*. Pasquano lo cogió.

—¿Quiere medio?

Montalbano, magnánimo, lo rechazó.

Nada más llegar a la comisaría, llamó a Fazio.

—Oye una cosa, ¿estás seguro de que en el coche de Annarosa no había huesos de albaricoque?

Fazio lo miró sorprendido.

—Jefe, primero me viene con lo de la pera y ahora con los albaricoques. ¿Qué está buscando?

—No lo sé. Pero algo me preocupa.

—Ya se lo he dicho, jefe. Dentro del coche sólo había tres manzanas.

Le contó lo que le había dicho Pasquano y Fazio llegó a la misma conclusión.

—Será que se los había comido todos y que el último, por desgracia...

La cena fue realmente familiar.

El jefe superior y Livia dedicaron una hora larga a tratar de descubrir si eran parientes, dado que los dos se apellidaban Burlando, pero, por muy buena voluntad que pusieron, no encontraron ningún vínculo, ni siquiera lejano.

Lo que preparó la señora Burlando estaba para chuparse los dedos, y Montalbano disfrutó de lo lindo.

Luego, la conversación se desvió hacia el accidente de la curva Calizzi, y el comisario mencionó la conclusión a la que había llegado el *dottor* Pasquano.

—Qué raro —comentó el jefe superior.

Todos, Montalbano incluido, lo miraron interrogativos.

—Es raro —se explicó Burlando, cogiendo un albaricoque del frutero que había en medio de la mesa— porque los albaricoques de hoy no son como los de antes.

—No lo entiendo —contestó el comisario.

—Antes, los albaricoques eran mucho más pequeños, blandos y sabrosísimos, podías meterte uno en la boca y luego escupir el hueso. Pero ahora miren éste que tengo en la mano. Es grande y está duro. No te cabe entero en la boca. Tienes que abrirlo primero con los dedos, como estoy haciendo yo, comerte una mitad, quitar el hueso que se ha quedado incrustado en la otra y, entonces, acabarte el resto. Si estás conduciendo, has de apartar las manos del volante a la fuerza.

—Ahora que me acuerdo —intervino Montalbano—, el *dottor* Pasquano me ha dicho que el hueso en cuestión era bastante grande.

—¿Lo ve? Justo lo que yo les explicaba. De todos modos, la muchacha no murió asfixiada, ¿verdad?

—No, el *dottor* Pasquano opina que se partió el cuello durante la caída. Y, además, tenía otra herida mortal en el pecho provocada por el volante. El hueso sólo fue el motivo de la pérdida de control del vehículo.

—¿Quieren hacer el favor de cambiar de tema? —pidió la señora Burlando—. Esta conversación no es nada agradable.

Cuando llegaron al coche para volver a Marinella, Montalbano le preguntó a Livia si podía conducir ella.

—Sí, claro.

Arrancaron. Al cabo de un rato, el comisario se sacó del bolsillo un albaricoque.

—¿De dónde ha salido?

—Lo he robado antes de levantarme de la mesa.

—¿Tú estás tonto? ¿Y si te han visto?

—No se han dado cuenta, tranquila. ¿Me haces un favor?

—A los locos siempre hay que darles la razón.

—Cógelo y cométela mientras conduces.

Livia redujo la velocidad y luego, llevando el volante con los antebrazos, partió el albaricoque en dos. Se llevó la primera mitad a la boca y se la comió.

—Me ha costado masticarlo, ¿sabes? Habría preferido comérmelo en dos bocados.

—Ahora intenta meterte la otra mitad en la boca con todo el hueso, como si te hubieras olvidado de quitarlo.

Livia lo probó, pero un momento después lo escupió todo.

—No te lo puedes tragar entero. Además, con el hueso es imposible masticar, te partirías los dientes. Está claro que no puedes distraerte hasta ese punto. Hay que quitarlo antes sí o sí.

Y entonces, ¿por qué no lo había quitado Annarosa?

Tres

Al día siguiente por la mañana, cuando se levantó para ir al baño sin hacer el más mínimo ruido para no despertar a Livia, que estaba cataléptica, tuvo un accidente idiota, de los que ponen de mal humor por la imbecilidad de uno mismo más que por el daño sufrido.

Aún adormilado, ya que el café estaba haciéndose y no había podido tomárselo, cogió el cepillo de dientes, que se le resbaló de la mano y fue a caer al suelo, delante de la punta de sus pies.

Se agachó instintivamente y se dio con la nariz contra el borde del lavabo.

Maldiciendo entre dientes, recogió el cepillo y, mientras lo ponía debajo del grifo para enjuagarlo, se dio cuenta de que tenía la mano manchada de sangre.

¿De dónde había salido?

Se miró en el espejo y vio que le brotaba de la nariz, como consecuencia del trompazo.

Corrió a la cocina con la cabeza echada hacia atrás, abrió el congelador, sacó un cubito de hielo, se lo puso encima del puente de la nariz y se sentó. Al cabo de un rato, se le cortó la hemorragia. Entonces se lavó las manos y la cara en la cocina, se bebió un buen tazón de café y volvió al baño.

Sin embargo, mientras se duchaba se sentía inquieto. Había algo que no le cuadraba en la secuencia que se había desarrollado entre el momento de coger el cepillo y encontrarse la mano ensangrentada.

Era de lo más lógico, ¿no? ¿A qué venía darle tantas vueltas?

«Estás agachado, coges el cepillo, te lo acercas y en ese momento una gota de sangre que te cae de la nariz va a darte en la mano que sostiene el cepillo. ¿Qué tiene de extraño, Montalbà? ¿Nada? Pues entonces, deja de darte el coñazo.»

—Livia, me marcho, me voy a comisaría.

—Hummm.

—Hablamos luego.

—Hummm.

Cogió el coche y recorrió el camino que llevaba de su casa a la provincial, pero una vez allí tuvo que parar. Tenía delante una hilera de automóviles y camiones tan pegados unos a otros que no le permitían incorporarse a la carretera. La única solución era recurrir al método del camorrista, es decir, avanzar de centímetro en centímetro hasta que la parte delantera de su coche alcanzara los faros del siguiente y le impidiera avanzar. Y entonces pasaría él.

Tardó diez minutos en hacer esa maniobra. Luego se encontró en pleno tráfico. Delante le había tocado en suerte una tartana, más alta que larga y cubierta por una lona ondulante, y que sin duda no funcionaba con gasolina, sino con vino, ya que iba dando bandazos, ahora a la derecha y ahora a la izquierda, como un borracho.

Detrás iba un BMW resplandeciente, de aspecto agresivo y prepotente, que dejaba bien claras las ganas que tenía de adelantarlos a él y a la tartana.

En un momento dado, el ansioso conductor del cochazo debió de perder del todo la paciencia y, haciendo sonar el claxon a la desesperada, aceleró.

De golpe, con un volantazo digno de un gran premio de fórmula uno, el comisario le dejó vía libre.

El BMW se mantuvo pegado a su lado un instante, aunque luego aceleró más y lo superó, pero en ese preciso momento a la tartana borracha le pareció buena idea dar un bandazo a la izquierda.

La colisión fue inevitable: el BMW no tuvo tiempo de frenar.

Alcanzada en la parte posterior izquierda, la tartana se fue hacia la derecha, salió volando por encima de la carretera, cayó con el morro por delante y acabó clavada en la cuneta, con las dos ruedas de atrás en el aire.

Montalbano, que había dado un frenazo, bajó del coche y se precipitó hacia la tartana para socorrer a su conductor. El del BMW también había bajado y se acercaba a toda prisa. Todo el mundo se había detenido para mirar.

Sin embargo, mientras tanto, el conductor de la tartana había salido arrastrándose y se había levantado echando llamas por los ojos. Al parecer, no se había hecho nada.

—¿Quién me ha dado? —preguntó.

—Yo —contestó el del BMW.

Y no pudo añadir nada, porque el de la tartana se le echó encima y se liaron a puñetazos y patadas.

—¡Basta, basta! —chilló Montalbano, tratando de separarlos.

Pero de repente se quedó paralizado, con la boca abierta. Miraba fascinado una rueda de la tartana, que seguía dando vueltas, cada vez más despacio.

¡Seguía dando vueltas!

Luego se paró.

¡Se había parado!

—¡Aaaah!

El grito que le salió por la boca fue tan salvaje y potente que los dos que se estaban atizando se detuvieron para mirarlo pasmados.

Luego fue como si el comisario se hubiera vuelto loco.

Volvió corriendo a su coche, dio marcha atrás, golpeando a los demás vehículos como si estuviera en los autos de choque, y, sin saber cómo, consiguió meterse en el carril contrario y cinco minutos más tarde abría la puerta de su casa en Marinella.

Corrió al dormitorio. Livia aún dormía.

—¡Livia!

Quería llamarla en voz baja, pero en lugar de eso soltó una especie de aullido entre lo lobuno y lo tarzanesco.

Ella se despertó con un sobresalto y se encontró delante a Montalbano, con mirada de loco, despeinado, con la camisa por fuera y un labio del que manaba un hilo de sangre como consecuencia del intento de separar a los dos conductores enzarzados, y se llevó un susto de muerte.

—Dios mío, ¿qué tienes?

Montalbano levantó un brazo y la señaló con el dedo índice, con un gesto de gran inquisidor.

—¿Daba vueltas sí o no?

Ante esa pregunta, el susto de Livia se transformó en terror.

Se incorporó de golpe y, de pie encima de la cama, se apoyó contra la pared.

—¡Cálmate, Salvo, te lo suplico!

—Pero ¿daba vueltas?

—¿El qué?

—La rueda.

—¿Qué rueda?

Consciente de que así no llegarían a nada, él trató de tranquilizarse un poco y se sentó en el extremo de la cama.

—¿Qué haces de pie?

—Nada —contestó Livia con falsa desenvoltura.

—Pues entonces acuéstate.

Ella obedeció sin rechistar. El comisario se pasó la mano por la cara.

—Perdona que te haya despertado así, pero ha habido...

—No pasa nada.

—Sólo quería preguntarte una cosa.

—Dime, dime —pidió, solícita.

Ya que estaba tranquilizándose, mejor seguirle la corriente.

—La otra mañana, en la curva... cuando nos asomamos a ver qué había pasado en la playa, allí abajo estaba el coche volcado... ¿te acuerdas?

—Pues claro que me acuerdo.

—Muy bien. ¿Una de las ruedas de aquel coche no daba vueltas todavía?

—Sí. Muy despacio. Se paró mientras mirábamos.

Montalbano le dio un abrazo y un beso. Luego dijo:

—Vuelve a dormirte. Me voy a trabajar.

—¿Y quién podría dormir ahora? En fin, ¿luego me lo cuentas?

—¿Cómo no?

Al salir, se percató de que ya no había atasco. Sin pasar por la comisaría, se dirigió a Montelusa. Se detuvo delante del Instituto Anatómico Forense.

—¿Está el *dottor* Pasquano?

—Todavía no, pero llegará en cualquier momento.

Salió al aparcamiento a fumarse un pitillo. Al poco vio llegar el coche de Pasquano y corrió a abrirle la puerta.

—Ya puestos —dijo el *dottore*—, deles también un repasito a los zapatos.

Impasible, el comisario sacó el pañuelo del bolsillo e hizo ademán de arrodillarse.

—Eso es que el asunto tiene miga —comentó Pasquano.

—Muchísima.

—Pues dese prisa, que me espera un cadáver.

—¿Sabe que el que descubrió el coche despeñado en la curva Calizzi fui yo?

—No lo sabía. Mi más sincera enhorabuena. ¿Y qué?

—El accidente había pasado pocos minutos antes.

—¡Unos pocos minutos antes, y una mierda! ¿Por qué lo dice?

—Porque una de las ruedas aún daba vueltas.

—Sería que aún no se le había pasado la cogorza de la noche anterior.

—La persona que me acompañaba también vio girar la rueda.

—¿Qué hora era?

—Las seis de la mañana.

—¿Hacía viento?

—No. Dígame: en su opinión, ¿cuánto tiempo había pasado desde el accidente que a mí me pareció que había sucedido poco antes de las seis?

—Como mínimo seis horas. La chica murió hacia las doce de la noche.

—Si le planteara una hipótesis, ¿cómo reaccionaría?

—Según. O con una patada en los huevos o con una invitación a seguir hablando en mi despacho.

—¿Y si el accidente hubiera servido para disimular un homicidio?

El *dottor* Pasquano reflexionó un momento.

—Vamos a mi despacho —dijo, y en cuanto se sentaron preguntó—: ¿De dónde saca esa sospecha?

—Me vino inconscientemente, de golpe, pero no lo entendí. Cuando quise comprobar si la chica aún vivía, le aparté el pelo ensangrentado y luego cogí una manzana que había rodado hasta detenerse al lado de la cabeza, pero... no me manché la mano de sangre.

—Ya estaba coagulada —concluyó Pasquano.

—Pues sí. Pero no me di cuenta. Luego he sido testigo de otro accidente automovilístico, he visto una rueda que seguía dando vueltas y lo he relacionado todo.

—Entonces, ¿cómo cree que fueron las cosas? —preguntó el forense.

Y Montalbano empezó a hablar.

Una hora después estaba en su despacho, en Vigàta, con Fazio y Augello.

—... tienen una riña violenta, el hombre la agarra con un brazo por la garganta, ella forcejea, le da patadas, y al final él se la encuentra muerta entre los brazos, porque le ha partido el cuello. Pasado el primer momento de pánico, piensa cómo deshacerse del cadáver. Y, mientras le da vueltas, transcurren dos o tres horas sin que ni siquiera se percate de nada. Cuanto más tiempo pasa, más se angustia nuestro amigo, porque no tiene la más mínima idea de qué hacer. Probablemente, como la pelea ha empezado cuando acababan de cenar, se sienta a la mesa y se bebe un vaso de vino. Y en ese momento lo ve todo claro. Coge un buen albaricoque, lo abre por la mitad, le quita el hueso, se pone encima del cadáver de la chica, se lo mete en la boca y lo empuja con los dedos hasta el fondo de la garganta, donde se atasca. Luego se echa el cadáver a los hombros, lo sienta en el coche, le pone el cinturón de seguridad bien apretado, se coloca al volante, llega a la curva Calizzi, se detiene justo en lo alto del precipicio con el motor encendido, baja, pasa el cadáver al asiento del conductor, vuelve a ponerle el cinturón, quita el freno de mano y empuja. El coche se desvía, choca contra el guardarraíl y cae en picado. Nuestro amigo probablemente corre a esconderse al otro lado de la carretera, donde hay hierba alta. Hasta puede que siguiera allí cuando llegamos Livia y yo. ¿Qué os parece?

—Te felicito de corazón por ese cuento tan bonito, que a mí personalmente me ha parecido estupendo, pero ¿tú crees que al fiscal le gustará?

—¿Y a ti, Fazio?

—Coincido con el *dottor* Augello. ¿Qué tenemos en concreto? Una rueda que daba vueltas. Siempre es posible que un golpe de viento...

—¡Otra vez esa monserga! ¡No hacía viento!

—Un movimiento de asentamiento del coche en la playa...

—Eso sí que es más probable. Entonces, ¿qué hacemos?

—Tratamos de descubrir algo más sobre la chica —propuso Augello.

Estuvieron todos de acuerdo.

Cuatro

Cuando salía ya hacia la *trattoria* de Calogero, Livia lo llamó para decirle que prefería quedarse en Marinella. Y a Montalbano se le ocurrió una idea. ¿Dónde había dicho Fazio que vivía la chica? Ah, sí, en la via Mistretta cuarenta y ocho.

Se fue hacia allí. Justo al lado del portal había una frutería.

Paró, bajó, entró. La propietaria era una mujer de unos cincuenta años, gorda y bigotuda, pero con aire simpático.

—¿Qué *disía*?

—Soy comisario.

—¿Quiere *ditinerme*? —preguntó la señora, riendo.

—Sólo quería preguntarle una cosa. ¿La pobre Annarosa compraba aquí la fruta?

A la mujer le cambió la cara.

—¡Pobre chiquilla! ¡Qué final tan horroroso! Sí, *siñor*, siempre venía a comprarme a mí. Se *mitía* en el coche y le gustaba ir comiendo fruta por el camino.

—¿Qué fruta le gustaba?

—Las manzanas más que ninguna otra cosa. Y luego las peras, las cerezas, los nísperos... Según la estación.

—¿Y los albaricoques?

—No, *siñor*, los albaricoques no. No podía ni tocarlos. Era, ¿cómo se dice?, *lérgica* a los albaricoques.

Lucía un sol espléndido, pero para Montalbano se volvió mil veces más luminoso.

El propio Calogero se quedó un poco impresionado con la cantidad de comida que llegó a meterse entre pecho y espalda.

—¿Qué pasa, *dottò*? ¿Se prevé una carestía?

Tuvo que dar un largo paseo por el muelle, porque, si no, en cuanto llegara a la comisaría seguro que se dormía.

Una vez allí, se encontró a Augello. Fazio no estaba.

—Mimì, ¿te apetece ir a ver al fiscal?

—Pero si habíamos dicho que...

—Hay una novedad.

Se la contó y luego añadió:

—La frutera está dispuesta a declarar que Annarosa era alérgica a los albaricoques, pero el asesino no lo sabía.

—O sea, que se conocían desde hacía poco.

—Es probable. Ah, Mimì, luego tienes que traértelo todo: las llaves de su casa, el bolso, todo lo que haya.

En el momento de salir Augello, entró Fazio. Montalbano también le contó el asunto de la alergia. Y el inspector dijo lo mismo que el subcomisario:

—Eso quiere decir que el asesino conocía a Annarosa desde hacía poco.

—No vengas a tocarme tú también los cojones con esa historia —replicó Montalbano.

—¿Y por qué no?

—Porque no puedes estar seguro. A lo mejor el asesino la trataba desde hacía tiempo, pero nunca habían tenido la oportunidad de comer juntos o de hablar de fruta y verdura. O quizá...

—¿O quizá...?

—Nada, una idea que se me ha ocurrido. Pero es demasiado complicada. Vamos a dejarlo.

• • •

Augello regresó cuando ya eran las seis. El fiscal había abierto un expediente por homicidio sin acusado conocido. La investigación podía arrancar. El subcomisario había llevado las llaves y la bolsa de viaje, que, aparte de la cartera con la documentación y quinientas liras, más los objetos habituales de las mujeres, entre ellos un neceser de maquillaje, contenía unas bragas y un sujetador limpios metidos en una bolsa de plástico.

—Vamos a echar un vistazo a su casa —propuso Montalbano.

—¿Cuánto va a que nos encontramos a los padres? —dijo Augello.

—No —intervino Fazio, siempre el más informado—. La madre, al enterarse de la noticia, tuvo un problema de corazón y está ingresada en un hospital. Su marido no quiere dejarla sola.

El piso de Annarosa era pequeño y estaba ordenadísimo. El armario del dormitorio estaba lleno de vestidos de un corte excelente y de ropa interior refinada. En el pasillo había un segundo armario ropero a rebosar. En el baño, grande y luminoso, un armario blanco estaba repleto de cremas, perfumes, tarros y tubitos. Toda la casa estaba tapizada de fotos suyas en bañador, con vestido de noche, con vaqueros, con falda y blusa, y también primeros planos de la cara, muy hermosa. En un rincón de la sala de estar vieron un escritorio pequeño con el teléfono encima y, al lado, la lucecita del contestador encendida.

Montalbano apretó el botón de reproducción y oyeron tres mensajes. Uno era de la madre de Annarosa, que le pedía que la llamara. Otro, de una amiga milanesa, que le hablaba de un servicio fotográfico. Luego, una voz masculina decía: «Soy Giuliano», y también quería que Annarosa lo telefoneara en cuanto volviera a casa. Al final, una voz mecánica informó de que esas llamadas se habían hecho el viernes anterior por la tarde.

En un trastero había un juego completo de maletas elegante, además de otra de tamaño medio, de un color distinto.

—Yo diría que la chica no estaba volviendo de viaje —aventuró Augello—. Además, en el coche no se ha encontrado ninguna maleta. Se había llevado lo imprescindible para pasar una noche fuera.

—Voy a pedir confirmación —contestó Montalbano.

En cuanto estuvieron en la calle, fue a ver a la frutera.

—Perdone, señora, pero ¿se acuerda de la última vez que Annarosa le compró fruta?

—Claro que me *ricuerdo*: cinco manzanas se llevó. Debían de ser las ocho de la tarde del sábado pasado, porque yo estaba *cirrando*.

—¿Le dijo algo?

—Me dijo: «Nos vemos el lunes.» Luego subió al coche y se marchó.

—¿Cómo iba vestida?

—*Vaquiros*, blusa y el collar de coral de siempre, que le gustaba mucho.

Montalbano y Fazio se lo dijeron todo con la mirada. De aquel collar no se había encontrado ni rastro en el coche volcado.

En la comisaría tuvieron una breve reunión. Para descubrir más sobre Annarosa, la única posibilidad era hablar con Giuliano Toccaceli, su ex novio, el de la llamada. Fazio fue a telefonearlo y acordaron que se presentaría a la mañana siguiente a las nueve.

Montalbano cogió la agenda y se fue a Marinella. Se encontró a Livia sentada en el porche, mirando el mar.

—¿Qué haces?

—Me preparo.

—¿Para qué?

—Para tu ausencia.

El comisario se fijó en que Duilio, el pescador, estaba llegando con la barca a la orilla.

—Perdona un momento.

Bajó a la playa, charló con él, volvió y subió por el porche.

—Perdona un momento.

Livia lo miró atónita y se quedó aún más atónita cuando oyó que Salvo arrancaba el coche y se marchaba.

Volvió al cabo de media hora con una gran bolsa de plástico en la mano. Livia distinguió en su interior bocadillos envueltos en papel y dos botellas de vino.

—Vamos.

La cogió de la mano y se la llevó hasta la barca de Duilio.

—Quítate las sandalias y ayúdame a meterla en el agua.

Comieron y bebieron mar adentro. Pasaron tres horas maravillosas en la barca. Hasta hicieron el amor. Luego, al volver, Livia fue a acostarse y Montalbano también.

Antes de ver a Toccaceli, el comisario hizo notar a Fazio y a Augello que si la chica había comprado la fruta a las ocho de la tarde y la habían matado poco después de las doce, tras haber cenado, no podía haberse alejado mucho de Vigàta. Luego hicieron pasar al ex novio.

Tenía unos cuarenta años y era elegante, de modales distinguidos, lo que se dice un hombre atractivo. No estaba nervioso en absoluto.

—Señor Toccaceli, como ya se le dijo por teléfono, se trata del trágico accidente sufrido por la señorita Annarosa Testa, que según nos consta fue novia suya.

—Sí, salimos juntos hasta finales de mayo. Pero ¿por qué? ¿No está todo claro, por desgracia?

—El accidente sí, lo que no está claro son las causas. Quizá tuvo una indisposición repentina al volver a Vigàta a medianoche, en cuanto acabó de cenar. Queríamos que usted, que la conocía bien, nos contara si bebía demasiado, si tomaba drogas...

—Pero ¡¿qué dice?! —estalló Toccaceli—. ¡Era una chica sanísima! Perdone, pero ¿la autopsia no...?

—Aún no se la han hecho —mintió Montalbano.

—Ah, ya. Su única debilidad era la fruta. ¡Dios mío, cuánta comía! De todo menos albaricoques, porque era alérgica.

—¿Ah, sí? —dijo Montalbano con interés.

—Imagínese que con sólo coger uno ya le salían manchas en la piel, estornudaba...

—Oiga —lo interrumpió el comisario—, desde que rompieron, ¿ha tratado de ver a Annarosa?

Toccaceli se cohibió un poco.

—Confieso que... el viernes mismo la llamé. Quería verla otra vez. No había conseguido olvidarla. Quería que viniera al chalet que tengo en la playa, al lado de Montereale... Pero se negó y fue inflexible.

—¿Sabe con quién salía últimamente?

—Algún rumor me ha llegado... pero no quisiera ni mucho menos... En fin, tenía un fotógrafo preferido, se llama Giovagnoli, Marcello Giovagnoli. Por lo visto, en los últimos meses entre ellos dos...

Montalbano se levantó y le tendió la mano.

—Muchas gracias, le ruego que perdone las molestias. Me ha sido de gran ayuda.

Fazio lo acompañó hasta la salida y volvió.

—¿Qué impresión os ha dado? —preguntó Montalbano.

—A mí buena —contestó Mimì.

—A mí también —añadió Fazio.

—A mí me huele fatal a un kilómetro de distancia —dijo Montalbano.

Se sorprendieron los dos.

—Me juego los huevos a que el asesino es él —continuó el comisario—. El muy hijo de puta se las sabe todas. En cuanto se ha enterado de que la autopsia no estaba hecha, se ha sacado de la manga lo de la alergia. ¿Nosotros qué hemos pensado desde el principio? Que el asesino no sabía que Annarosa era alérgica a los albaricoques. En consecuencia, como él sí lo sabía, no puede ser el asesino. En segundo lugar, se ha imaginado que quizá Annarosa no había borrado su mensaje, así que se ha apresurado a contarnos que la había llamado. En tercer lugar, nos ha dicho, antes de que lo descubriéramos nosotros, que tiene un chalet en Montereale, es decir, cerca de la curva Calizzi. ¿Qué nos apostamos a que ese fotógrafo, el tal Giovagnoli, tiene casa por la zona de la curva?

—¿Qué hacemos? —preguntó Fazio, sin aceptar la apuesta.

—Entérate de dónde está exactamente el chalet de Toccaceli.

—No tardo nada —contestó Fazio mientras salía.

—Si se las sabe todas como dices tú, será difícil pillarlo —apuntó Augello.

—Mimì, a los que se las saben todas, muchas veces la casualidad los acaba jodiendo.

De todos modos, Montalbano pensaba que a la casualidad había que echarle una mano. Así pues, pasadas las doce de la noche, tras inventarse una excusa de trabajo para Livia, se fue de Marinella a Montereale. Fazio le había dicho que el chalet de Toccaceli, pintado de verde, estaba en la playa, justo debajo de Punta Rosa. Lo encontró con facilidad.

Era una casa aislada. Tardó un cuarto de hora en abrir la puerta con las distintas ganzúas que había llevado. Concentró toda su atención en el comedor, donde creía que se había producido el altercado. En aquel momento estaba ordenado y como los chorros del oro, seguro que Toccaceli lo había mirado todo con lupa. Se puso guantes y empezó a buscar algo, sin saber qué. Al cabo de media hora, tras no haber encontrado nada, decidió apartar los muebles y mirar detrás.

Y así fue como vio en el suelo, junto a una de las patas posteriores del aparador, casi pegado a la pared, un trocito diminuto de coral rojo. Lo cogió y lo examinó. No cabía duda: formaba parte de un collar. Al parecer, se había roto durante la pelea y Toccaceli había recogido los pedazos para tirarlos a saber dónde. Pero la casualidad había querido que se le pasara por alto un trocito minúsculo.

Lo dejó en su sitio, colocó bien los muebles, salió, cerró la puerta y volvió a Marinella.

A la mañana siguiente fue a ver al jefe superior y le confesó el registro no autorizado. Burlando se enfadó e incluso se le escapó un exabrupto, pero al final, a base de insistir, Montalbano logró que el fiscal autorizara la investigación.

Toccaceli fue detenido.

Confesó que había matado a Annarosa porque la había convencido de que pasara el fin de semana con él jurándole que no la tocaría, y luego, en cambio, después de cenar había perdido la cabeza, ella se había resistido y...

El ladrón honrado

Uno

Fazio había ido a Palermo a acompañar a su padre a un chequeo médico e iba a quedarse varios días, de manera que Montalbano llamó a Augello cuando Donato Butera apareció en la comisaría a las nueve de la mañana diciendo que quería presentar una denuncia por un robo sufrido en su casa.

Ambos se dieron cuenta enseguida de que, para tratar con el señor Butera, había que tener más paciencia que un santo.

Era un hombre de unos sesenta años, bien vestido, que nada más sentarse se quitó las gafas, las limpió con el pañuelo, se recolocó la corbata y la raya de los pantalones, carraspeó, se sacó los puños de la camisa por encima del borde de las mangas de la americana, acomodó bien las nalgas en la silla y, por fin, se decidió a hablar.

—Tiene que saber usía, señor comisario, que por las noches, al volver a casa, dado que soy viudo y vivo solo, en tanto en cuanto mi único hijo, Jachino, se encuentra en *Alimania*, donde tiene un buen puesto de trabajo e incluso se ha casado, me preparo cualquier cosa de cenar, me la como y luego me siento delante del *tilivisor* con una *botilla* de vino y veo una película. Al final, cuando me entra sueño, voy y me acuesto.

Se quitó las gafas y empezó a limpiarlas otra vez. Montalbano y Augello se miraron sorprendidos. ¡Aquel hombre se tomaba las cosas con mucha calma!

—Perdone, señor Butera —dijo el comisario, algo impaciente—, pero aún no hemos entendido por qué razón ha venido a...

—Voy. Un momento de paciencia. Tengo que decir que, antes de dormirme, cuando estoy ahí con los ojos medio abiertos y medio cerrados, resulta que veo a algún *pirsonaje* de la *pilícula* que va pasando.

—¿Vuelve a ver escenas de la película? —preguntó Montalbano.

—Escenas no, *pirsonajes*. Como si fueran de carne y hueso.

Entonces fue Augello quien quiso hacer una precisión:

—¿Durante la película se acaba la botella?

—Sí, *siñor*. A lo que iba: por esa razón anoche no me preocupó el hombre de la gorra que se *pasiaba* por mi dormitorio.

Montalbano había llegado al límite de su paciencia y se quedó mudo. De las preguntas se encargó Augello:

—Vamos a ver, ¿el hombre de la gorra era o no era un personaje de la película?

—Yo creía que era de la *pilícula* hasta esta mañana.

—¿Qué ha pasado esta mañana?

—Primero tiene que saber una cosa.

—Cuénteme.

—Tiene que saber que yo, antes de acostarme, saco la cartera del bolsillo de los pantalones y la dejo encima de la *misilla* de noche.

—Muy bien, nos damos por enterados. ¿Qué más?

—Esta mañana, al mirar en la cartera, donde tenía mil quinientas liras, me he dado cuenta de que sólo quedaban quinientas.

Llegados a ese punto, el comisario decidió intervenir:

—A ver si lo entiendo. Según usted, ¿el ladrón le ha robado mil liras y le ha dejado quinientas?

—Exacto.

—¿Y no le parece raro?

—Claro. Por lógica, tendría que habérselo llevado todo. Pero las cosas son como son.

—¿Y está convencido de que anoche tenía mil quinientas liras en la cartera?

—Convencidísimo. Me las dieron cinco minutos antes de volver a casa y luego lo comprobé cuando la dejé en la *misilla*.

—¿Le han robado algo más?

—No, *siñor*, nada.

—¿Seguro?

—¡Pues claro! Piense que, al lado de la cartera, tenía el reloj, que es un reloj bueno, me lo regaló mi *siñora*, que en paz descanse, por nuestras bodas de oro, y el ladrón ni lo tocó.

—¿En la puerta ha observado signos de allanamiento?

—¿Qué es eso del allanamiento?

—Que si forzó la cerradura para entrar.

—No, *siñor*.

—¿Las ventanas cómo estaban?

—Todas cerradas.

—¿Usted cómo cree que entró?

—¿Y a mí me lo pregunta? Entonces, ¿qué he venido a hacer aquí? El que tiene que *discubrirlo* es usía.

No le faltaba razón.

—Señor Butera, acompañe al *dottor* Augello, que va a tomar nota de su denuncia. Hasta luego.

Mimì reapareció al cabo de un cuarto de hora.

—Para mí que estaba como una cuba. Vete tú a saber dónde ha perdido las mil liras, si es que llegó a tenerlas.

—Estoy de acuerdo contigo.

Sin embargo, se equivocaban los dos. Y tuvieron los primeros indicios de su error cuando Catarella anunció la visita de la señora Fodaro. Que, por descontado, se llamaba Todaro, Nunziata Todaro.

—Señor comisario, yo por las noches cuido a una señora de más de noventa años. Me voy a su casa a las nueve, cuando la hija de la señora ya la ha acostado, y paso allí toda la noche hasta las siete de la mañana. Mi hijo Peppi, que no está casado, vive conmigo en mi casa, aunque al volver no me lo encuentro, porque se va a trabajar a las seis y media.

—Mire, señora...

—Entendido, usía quiere que vaya al grano, pero es que, si no le explico las cosas bien clarito, no va a entender nada.

Montalbano y Augello se miraron y se resignaron.

—Muy bien, continúe.

—Esta mañana, en cambio, lo he visto.

—¿A quién? —preguntó el subcomisario, que se había distraído momentáneamente.

—¿Cómo que a quién? Pues a mi hijo Peppi. Aún no se había ido a trabajar.

—¿Se encontraba mal? —aventuró Montalbano.

—¡No, qué iba a encontrarse mal, hombre! ¡Estaba de un humor de perros!

—¿Por qué?

—¡Porque no encontraba las puñeteras mil trescientas liras! ¡Sólo han aparecido trescientas!

—Pero ¿dónde tenía que encontrarlas?

—Encima de la mesa de la cocina.

—¿Las había dejado usted allí?

—¡Sí, señor! Anoche antes de salir. Mi hijo me las había pedido porque tenía que pagar la letra de una máquina que tiene en la oficina.

—O sea, que usted cree que ha habido un robo.
—¡No es que lo crea, es que es verdad! ¡Las mil liras han desaparecido!
—¿Le ha dado otras mil liras a su hijo?
—¡Qué remedio! ¡Las últimas que me quedaban! ¡Y ahora a saber cómo me las apañaré para llegar a fin de mes!
Con cautela, Montalbano propuso una hipótesis:
—¿No es posible que su hijo haya simulado un robo para...?
La señora Nunziata lo pilló al vuelo.
—Pero ¡qué cosas se le ocurren! ¡Mi hijo es honradísimo! Una vez se encontró una billetera y...
—Muy bien, muy bien. ¿Faltaba algo más?
—Ni una mota de polvo.
—¿Su hijo ha oído algún ruido extraño durante la noche?
—Ése, cuando duerme, parece un cadáver.
—¿La cerradura de la puerta estaba forzada?
—¡Qué va!
—¿En qué piso vive?
—En una planta baja.
—¿Las ventanas estaban...?
—En todas las ventanas hay rejas.
—¿Tiene idea de cómo puede habérselas apañado el ladrón para entrar?
—Es ladrona.
—¿Qué? —replicó Augello, que había vuelto a distraerse.
—Para mí que ha sido una mujer.
—¿Por qué lo dice?
—¡Porque sé quién es!
—Díganoslo.
—Se lo digo. Es 'Ntonietta Sabatino, un pedazo de puta que vive en el segundo y que creo que está liada

con Peppi, y para mí que el muy gilipollas de mi hijo le ha dado la llave de casa para verse con ella cuando yo no estoy. ¡Y ésa se ha aprovechado y le ha birlado mil liras!

—Pero, señora, no tiene usted la más mínima prueba de...

—¿Y qué falta hacen las pruebas? ¡Le digo que las cosas son así y usía tiene que creerme!

Montalbano ya no podía más.

—A ver, Mimì, llévatela a tu despacho y toma nota de la denuncia, pero que sea sin especificar acusado, por favor.

Una vez tramitada la denuncia, Mimì volvió a ver a Montalbano.

—¿Qué te parece?

—Que, por lo visto, estamos ante una novedad absoluta en el campo de la criminología.

—Es decir...

—¿Tú crees que es normal que un ladrón siempre robe mil liras? ¿Un ladrón con precio fijo?

—¿Qué piensas hacer?

—Por ahora, nada. Vamos a esperar al próximo robo y vemos. Un ladrón que gana mil liras por golpe no se forra. Tiene que volver a robar a la fuerza.

Los hechos le dieron la razón. Tres días después, un lunes, hacia las doce de la mañana, se presentó en la comisaría Beniamino Dimeli.

Era un señor de unos cincuenta años, que iba hecho un pincel y bien perfumado, todo él zalamerías y sonrisas deslumbrantes.

—Siento en el alma hacerles perder el tiempo por una nimiedad, pero yo estoy acostumbrado a respetar la ley y me gustaría que la respetara todo el mundo.

Sonrió. Si esperaba la felicitación de Montalbano o de Augello, se llevó un chasco, aunque no dejó que se notara.

—He venido a denunciar un robo —anunció.

—¿De mil liras? —preguntó el comisario con esperanza.

Dimeli lo miró boquiabierto.

—Si sólo se tratara de mil liras no los habría...

—Perdone. Cuéntemelo todo.

—Yo soy de Montelusa y allí vivo, pero tengo una casita en la playa, un poco más allá de la Scala dei Turchi.

Montalbano puso mala cara. Así que aquel hombre era el propietario de un chalet horroroso de reciente construcción, claramente ilegal, que se pasaba por el forro todas las normas, limitaciones, restricciones y leyes urbanísticas.

—En invierno la aprovecho algún que otro fin de semana. Vamos...

—¿Con su familia? —preguntó Augello.

—No estoy casado. Voy con tres o cuatro amigos el viernes por la noche y ellos por lo general vuelven el lunes a primerísima hora, porque tienen que ir a trabajar. Yo, como no tengo horario y hay que cerrar la casa, salgo más tarde.

—¿A qué se dedica? —quiso saber Montalbano.

—¿Yo? Pues... vivo de rentas.

—Entendido. Acláreme una curiosidad: ¿a esos fines de semana sólo van hombres?

—Sí —contestó Dimeli con una sonrisa—. Pero no me gustaría que se confundiera. ¿Sabe usted?, somos unos amigos que, de vez en cuando, comparten el placer de echar una partidita de póquer lejos de miradas indiscretas.

—¿Juegan fuerte?

—Podemos permitírnoslo.

—Cuéntenos lo que ha pasado.

—Anoche acabamos de jugar a las cuatro de la madrugada y mis amigos se fueron enseguida. Yo, después de cerrar puertas y ventanas, al cabo de media hora ya dormía. Cuando me he despertado, a las nueve, me he percatado del robo.

—¿Qué le han robado?

—Había dejado mis ganancias encima de la mesa, después de contarlas. Cien mil liras exactas. Esta mañana, allí había sólo ochenta mil.

—¿Está seguro de haber contado bien?

—Segurísimo. Y no entiendo cómo ha entrado el ladrón ni por qué no se lo ha llevado todo.

Dos

—Por supuesto, no lo ha despertado ningún ruido extraño ni nada sospechoso...

—No, nada de nada. Y le aseguro que tengo el sueño muy ligero, me despierto con cualquier cosa.

Sin saber por qué, Montalbano tuvo el impulso de insistir en el mismo tema.

—¿Y antes?

—No lo entiendo.

—¿Notó algo anómalo antes de acostarse? Tenga en cuenta que una cosa a la que usted no dé la más mínima importancia para nosotros puede ser fundamental.

—No. —Hizo una brevísima pausa y luego añadió—: Aunque...

—¿Aunque qué?

—Espere, ahora que lo dice... Cuando acompañé al coche a mi amigo Giovanni, que se marchó el último, encendió los faros y vi claramente que había un hombre en las rocas.

—¿Estaba pescando?

—No creo.

—¿Qué hacía?

—Nada. Estaba allí quieto. Lo vi bastante bien, porque Giovanni no se marchó de inmediato sino que comentamos la última partida. Era un individuo más bien alto, con los hombros un poco encorvados... Y con una mano aguantaba el manillar de una bicicleta...

—¡¿Una bicicleta?!

—Sí. Ah, otra cosa: llevaba una gorra puesta.

En los cuatro días sucesivos hubo dos robos más.

El ladrón conseguía entrar en las casas de forma misteriosa; parecía capaz de atravesar las paredes, como los fantasmas.

Y robaba en función de las posibilidades de sus víctimas: si se trataba de gente pobre, no pasaba de las mil liras; en el caso de los más pudientes, robaba veinte o treinta mil, nunca más de eso.

El último afectado, Osvaldo Belladonna, contó que se había acostado pasadas las doce de la noche, pero antes había abierto la ventana para airear la habitación. Al mirar fuera había visto a un hombre con gorra que encadenaba una bicicleta a una farola.

—¿Qué hacemos? —preguntó Augello.

Montalbano estalló.

—¿Qué quieres hacer? ¿Arrestar a todos los que vayan en bicicleta con gorra? ¿Vigilar todas las casas de Vigàta?

Hacía días que estaba taciturno y arisco, hasta el punto de que Livia había amenazado con volverse a Boccadasse. No tener la más mínima idea de cómo actuar para cazar al ladrón lo ponía de mal humor.

—No, pero... —insistió el subcomisario.

—Pero ¿qué? ¡Si tienes una idea, encárgate tú del caso!

En ese momento llegó Fazio.

—¿Cómo han encontrado a tu padre? —preguntaron casi al unísono Montalbano y Augello.

—Bastante bien, en Palermo le han hecho todas las pruebas habidas y por haber. Claro que tiene que cuidarse y tomar un montón de medicamentos. ¿Hay novedades?

Montalbano no contestó. Le tocó a Augello contarle el asunto de los robos. Al final, Fazio se quedó pensativo.

—¿Y bien? —lo azuzó el comisario.

—No vaya a ser que... —dijo Fazio para sí.

—Habla más alto —insistió Montalbano.

—¿Puedo llamar a mi padre? —preguntó entonces el inspector, sumido en sus pensamientos.

—Adelante.

Fazio se levantó y marcó el número. Parecía inquieto e incluso se olvidó de poner el altavoz.

—¿Papá? Soy yo. Oye, ¿te acuerdas de que una vez me hablaste de un ladrón de casas, todo un maestro abriendo cerraduras...? ¿Cómo se llamaba? ¿Michele Gangitano? Iba siempre en bici y llevaba gorra noche y día... Sí, sí... ¿Qué fue de él? Ah, ¿le cayeron cinco años? Gracias, papá. Sí, les doy recuerdos a todos. —Colgó el auricular y dijo—: Deben de haberlo dejado en libertad. Voy a pedir confirmación y enseguida vuelvo.

Y se marchó. Montalbano y Augello se quedaron mirándose sin abrir la boca hasta que regresó Fazio, sonriente.

—Es él, seguro. Michele Gangitano. Lo soltaron hace veinte días porque había cumplido la pena.

—¿Y ahora qué hacemos? —preguntó Augello, con la cancioncilla de siempre.

Montalbano no se lo pensó ni un momento.

—Fazio, entérate de dónde vive y dile que tiene que presentarse en comisaría hoy a las cuatro de la tarde. Y vosotros dos también tenéis que estar presentes.

—Pero no vas a poder detenerlo —apuntó Augello.

—No se me ha pasado ni por la antesala del cerebro.

—Y entonces, ¿por qué le dices que venga?

—Ya veremos.

• • •

Michele Gangitano fue muy puntual. Llegó a las cuatro y el comisario lo hizo pasar de inmediato a su despacho, donde ya estaban Augello y Fazio.

Gangitano era un hombre de unos sesenta años, alto y enjuto, con los hombros algo encorvados, que vestía con dignidad y transmitía un aire melancólico. No tenía un solo pelo en la cabeza; se dieron cuenta cuando se quitó la gorra, que conservó entre las manos.

Estaba tranquilísimo, ni siquiera parecía que la convocatoria despertara su curiosidad.

—Siéntese —dijo Montalbano, señalando la silla libre de delante de su mesa.

En la otra estaba Augello. Fazio, por su parte, ocupaba la butaca.

—Señor Gangitano, ¿no se pregunta por qué lo he hecho venir?

—Me lo pregunto, pero no me corresponde a mí.

—¿El qué?

—Hacer preguntas. Le corresponde a usía hablar primero.

Gangitano había pisado demasiadas comisarías de policía, puestos de carabineros y tribunales varios como para no respetar las reglas.

—Lo he hecho venir porque quería conocerlo. He oído hablar de usted y me ha entrado curiosidad.

Ninguno de los tres esperaba las palabras que pronunció Gangitano, acompañadas de una mueca que quería ser una sonrisa:

—Yo también quería conocerlo. En la cárcel he oído hablar mucho de usía.

—¿Bien o mal?

—Eso depende de cada uno.

—Es decir...

—Hay quien habla bien y quien habla mal. Aunque son más los primeros, y entre ésos hay incluso alguno detenido por usía.

—Por cierto, ¿quiere decirme por qué lo condenaron? No he visto la documentación. ¿Por robo?

Gangitano puso cara de sorpresa.

—¿A qué viene eso? ¡Por robo! ¿Quién le ha dicho semejante cosa? A mí nunca me han condenado por robo.

Montalbano dio un respingo y, sin necesidad de mirarlos, no le cupo duda de que también Augello y Fazio estaban pasmados.

—¿Nunca?

—¡Nunca! Si no me cree, mire mi certificado de penales. Se lo cuento yo sin saltarme nada. He cumplido cuatro condenas. La primera, cuando tenía veinte años y la sangre caliente, fue por una bronca, una estupidez provocada por una chica; la segunda, por apropiación indebida; la tercera, por falso testimonio, y la cuarta y última, a los cincuenta y cinco años, por una historia muy larga de contar.

—Cuéntemela igual.

—Mi cuñado, que es padre de dos hijos...

—Perdone, ¿hermano de su mujer o marido de su hermana?

—De mi hermana, yo no me he casado nunca. ¿Puedo continuar?

—Sí, lo siento. Adelante.

—Mi cuñado, que era albañil, se cayó del andamio y se quedó paralizado de por vida. El patrón aseguraba que la culpa era suya, porque no había prestado atención, cuando en realidad faltaba todo tipo de protección. El juez, que era el amante de la mujer del patrón, le dio la razón. Y mi cuñado se vio obligado a vivir de limosnas. O de lo poquito que podía darle yo. Total, que un día me fui a esperar al juez a la salida de los juzgados y le partí la cara.

—O sea, que reaccionó ante una injusticia.

—Sí, señor.

—¿Y le parece justo, por poner un ejemplo, que, si alguien ha ganado algo de dinero, se lo roben?

Gangitano se revolvió en la silla y pasó de un gesto melancólico a otro desolado.

—¿Usía está hablando, digamos, en teoría?

—Por supuesto.

—Entonces le contesto: depende.

—¿De qué?

—De la intención con la que robe el ladrón, de por qué decida coger el dinero que no le pertenece.

—Explíquese.

—Si uno roba porque le gusta robar o para tener dinero que derrochar, pues no, no es justo. Pero si uno roba lo poquito que le basta para comer o para ayudar a alguien que lo necesita, si no tiene una lira de más ni una lira de menos, entonces, como usía comprenderá, la cosa cambia de arriba abajo.

—Tiene que entender, sin embargo, que, aunque cambie para usted, para la ley no. Un ladrón es un ladrón.

—Y ésa es la injusticia de la justicia, que incluso cuando te reconoce circunstancias atenuantes te manda igual a la cárcel. Lo único que cambia es el tiempo que pasas entre rejas. Una vez, un juez dijo que ellos eran clavaditos a los médicos: los magistrados curaban los males de la sociedad y los médicos, los del cuerpo. Y a mí me entró la risa.

—¿Por qué?

—*Dottor* Montalbano, para las enfermedades no hay códigos. Cada paciente es un caso único. Y el médico lo cura en función de cómo afecte la enfermedad a ese cuerpo que está tratando. El medicamento que le da a cada uno es distinto, en cuanto a la dosis, del que le da a otro que está enfermo de lo mismo. En cambio, la ley es igual para todos.

—No, Gangitano, esa frase tiene otro significado.

—Ya sé qué quiere decir, pero ¿me diría que la ley es igual para todos si volviera a contarle la historia de mi cuñado?

Montalbano prefirió cambiar de tema:

—¿Usted cómo juzga las condenas que le han impuesto?

—Yo no tengo nada que juzgar. Me equivoqué y pagué, punto.

—¿Tengo que concluir que no alberga ningún sentimiento de revancha contra la justicia por las condenas sufridas?

—Por mis condenas, no. Y, hablando siempre en teoría, si acabase haciendo algo ilegal, no sería por provocación ni por venganza.

—Le agradezco que haya venido. Hablar con usted ha sido muy interesante. No dudo de que volveremos a vernos —dijo Montalbano levantándose.

—Para mí también ha sido sumamente interesante. Y, al igual que usía, estoy seguro de que no será la última vez que nos veamos.

—Fazio, acompaña al señor Gangitano —pidió el comisario, tendiéndole la mano.

El hombre se la estrechó, hizo una leve inclinación ante Augello y salió con Fazio.

—¿Qué has ganado con eso? —preguntó Mimì.

—Conocer al adversario siempre es ganar un punto. Gangitano es un hombre espabilado, inteligente, nada violento...

—Pero ¡si le partió la cara a un juez!

—Mimì, en confianza y de hombre a hombre: yo quizá habría hecho lo mismo. Además, y eso es importantísimo, no roba por el placer del riesgo ni por provocación.

—¿Por qué es tan importante?

—Porque quiere decir que es metódico, rutinario, no hace disparates.

Entró Fazio.

—¿Qué le ha parecido? —preguntó a Montalbano.

—Sólo te digo una cosa: el día que lo detenga no me hará ninguna gracia.

Tres

—Dejando a un lado que no vaya a hacerte gracia —dijo Augello—, podemos quitarle el vicio al señor Gangitano ahora mismo, tenemos la posibilidad de cogerlo cuando queramos.

Montalbano lo miró con una sonrisita de pitorreo.

—¿Ah, sí? ¿Y cómo?

—Muy sencillo. Y me asombra que no se te haya ocurrido. Tú, Fazio, ¿te has enterado de dónde vive?

—Sí, cuando he ido a avisarle de que tenía que venir. Me ha tocado ir en persona, porque no tiene teléfono. Vive en una especie de viejo garaje en la via Lampedusa, dieciocho.

—¿Has podido ver si la bicicleta que utiliza habitualmente la deja dentro o fuera?

—Fuera. Atada con una cadena a un poste.

—¿Qué? ¿Nos cuentas ese plan? —pidió el comisario.

—Mi plan es el siguiente: esta misma noche ponemos a un agente de guardia, de las doce a las cinco de la mañana. En cuanto salga Gangitano y coja la bicicleta, el agente lo sigue sin dejarse ver y, cuando entre en una casa a robar, lo espera en la calle y a la salida lo detiene con el botín bien calentito.

—Muy bien —contestó Montalbano—. Vamos a hacerlo como dices, aunque estoy más que convencido de que va a ser una pérdida de tiempo. Fazio, busca tú a un hombre.

Al día siguiente, el agente Crispino informó de que Gangitano se había quedado toda la noche en el garaje, y lo mismo dijo el agente Misuraca al otro día.

No obstante, la mañana del tercer día, hacia las nueve, se presentó en la comisaría Adelaide Tripepi, una verdulera de unos cincuenta años que vendía a unos precios que habrían hecho palidecer a un joyero de primera categoría.

Estaba bastante alterada y de su boca salía un lenguaje no excesivamente elegante.

—¡Cinco mil liras me ha birlado el muy rompeculos de mierda!

Con cierto esfuerzo, se enteraron de que la noche anterior, antes de acostarse, la señora Adelaide había metido diez mil liras en el bolso, porque tenía que hacer determinado pago.

—¿Dónde lo guarda?

—¿Quiere decir el bolso? Por la noche lo dejo encima de la silla que tengo a los pies de la cama.

—¿Vive sola?

—No, señor, con mi marido, aunque trabaja de vigilante nocturno, así que por las noches no está.

—Siga.

Nada más llegar al mercado, la señora se había dado cuenta de que en el bolso sólo había cinco mil liras.

—¿No podría ser que las otras cinco mil se le hubieran caído por el camino?

—¡Yo vivo en la via Lampedusa, que está lejos del mercado! Voy en coche. Si se me hubieran caído, como dice usía, las habría encontrado dentro del coche, ¿no?

—¿Dónde ha dicho que vive, señora?

—En la via Lampedusa, en el número uno.

Montalbano, Augello y Fazio se miraron de refilón. Aquello era obra de Gangitano.

—Fazio, toma nota de la denuncia de la señora y luego llama a Misuraca y venid los dos.

—Misuraca, dinos exactamente qué has visto desde tu puesto de observación.

—Estaba bien situado, *dottore*. Podía vigilar el portón del garaje y la bicicleta atada al poste.

—Antes de empezar la guardia, ¿has dado la vuelta al garaje?

—Sí, no tiene salida posterior.

—¿Ni siquiera una ventana?

—Hay un ventanuco.

—¿Con rejas?

—No.

—Piénsalo bien: ¿pasaría por allí un hombre delgado?

Misuraca reflexionó un poco.

—Quizá si estuviera entrenado, sí.

—Pues eso es lo que ha hecho nuestro Gangitano —concluyó el comisario—. Y, como no podía coger la bicicleta, ha ido a robar en su misma calle, a pocos pasos de distancia. ¿No te había dicho yo, Mimì, que es un hombre espabilado y con mucha experiencia? Sea como sea, seguimos. Vamos a poner a dos hombres de guardia, aunque estoy seguro de que esta noche no va a pasar nada.

En efecto, no sucedió nada que tuviera que ver con el ladrón.

Sin embargo, ocurrió algo muy serio que dejó el asunto de los robos en un segundo plano.

Aquella noche, la hija de veinte años de un rico empresario de Montelusa con influyentes amigos políticos fue secuestrada para obtener un rescate. El jefe superior se vio inundado de presiones para que la joven fuera liberada lo antes posible, por lo que ordenó a todas las comisarías de la provincia que se ocuparan del rapto en exclusiva.

En consecuencia, se le retiró la vigilancia a Gangitano.

—Pero a ver, en realidad, ¿qué tenemos que hacer nosotros con eso del secuestro? —le preguntó Augello a Montalbano.

—¿Qué quieres que te diga, Mimì? Preguntar a los soplones habituales, mandar alguna patrulla de los nuestros a recorrer los campos, detener a algún sospechoso...

—Mantener los oídos y los ojos bien abiertos... —continuó Fazio.

Augello negó con la cabeza.

—No creo que obtengamos grandes resultados.

—Es una orden, Mimì.

Cinco días después, por la tarde, de vuelta en Marinella, Montalbano se zampó las sardinas *a beccafico* que le había preparado Adelina y luego fue al baño a lavarse las manos.

Al pasar por el dormitorio se percató de que había algo extraño, miró mejor y se dio cuenta de qué era.

Encima de su mesita de noche faltaba la foto enmarcada de Livia que la joven quería que estuviera allí durante su ausencia.

Sin duda se habría caído al suelo.

Montalbano se acercó a la mesita y buscó con atención alrededor.

La foto no estaba.

Y tampoco la encontró debajo de la cama.

¿Dónde podía haber acabado?

Luego pensó que quizá se le había caído a Adelina al quitar el polvo, se le había roto el cristal y la había llevado a arreglar.

No pudo contenerse y la telefoneó.

La mujer juró y perjuró que, mientras ella había estado en la casa, la foto seguía en la mesita.

Montalbano perdió media hora más buscando en los rincones más inverosímiles y luego llamó a Livia.

—¿Por casualidad no te habrás llevado tu foto a Boccadasse?

—¿Para qué? La dejé en tu mesita.

—Pues no está.

—¿Has mirado bien debajo de la mesita, de la cama?

—¡Claro!

—La habrá quitado Adelina porque no me soporta.

—Será eso —zanjó Montalbano.

No tenía ganas de discutir sobre Adelina. Quizá porque, aunque no quisiera reconocerlo, era posible que Livia hubiera dado en el clavo.

Por la mañana, nada más abrir los ojos, lo primero que vio fue la foto de Livia en la mesita de noche.

Entonces lo entendió todo.

Por la noche, una vez en Marinella, Montalbano cenó en el porche lo que le había preparado Adelina y luego entró y se sentó delante del televisor. Vio una película de espías de la que no entendió nada y a las doce menos cuarto llamó a Livia.

—¿Has encontrado mi foto?

—Sí, se había caído detrás de la mesita.

A las doce en punto apagó todas las luces de la casa, aunque, en lugar de acostarse, fue a sentarse de nuevo en el porche. Había llevado el tabaco y el mechero, pero prefirió no fumar porque no había luna. El puntito rojo del pitillo encendido se habría visto a una legua de distancia.

Pasó una media hora inmóvil en total oscuridad, aguzando el oído para captar el más mínimo ruido. Y aun así no lo oyó llegar. No advirtió su presencia hasta que el individuo estuvo en el porche, a un paso de él. Había sido más silencioso que un gato.

—Buenas noches.

—Buenas noches.

—¿Me esperaba?

—Claro. Después del numerito de la fotografía... Siéntate.

Gangitano tomó asiento a su lado, en el banco.

—Perdone que me haya permitido entrar en su casa, pero no era prudente llamar por teléfono a comisaría y me pareció que de esta forma usía entendería que tenía que hablar con usted de tú a tú, sin extraños de por medio.

—Aquí estoy. Habla.

—Con usía es inútil andarse por las ramas, así que voy a hablarle en plata. La otra noche, como me habían quitado la vigilancia, salí a trabajar.

Llamaba «trabajo» al robo. Efectivamente, si se pensaba bien, para un ladrón profesional aquello era su trabajo.

—Quería ir a casa del abogado Mascolo. ¿Usía lo conoce?

—He oído hablar de él. Es un abogaducho de tres al cuarto. Defiende a delincuentes de poca monta, a carteristas...

—Yo creo que se está metiendo en camisa de once varas.

—¿Por qué?

—Escúcheme bien. El abogado está separado y vive solo. Entré en su casa y oí que roncaba en el dormitorio.

Fui hacia allí y, justo cuando llegaba a la puerta, sonó un teléfono muy cerca. Me pareció, créame, una metralleta. Me quedé helado. El abogado encendió la luz y descolgó el aparato que tenía en la mesita de noche. A mí no me veía, porque estaba fuera de la habitación. Oí perfectamente todo lo que decía y puedo repetirlo palabra por palabra. Por eso me decidí a venir aquí a contárselo todo a usía.

Hizo una pausa.

—A mí secuestrar a alguien me parece una canallada tremenda, y más si es una mujer o un crío.

Montalbano apenas respiraba. Le daba miedo interrumpir el monólogo de Gangitano.

—El abogado primero contestó con un «diga» y luego escuchó en silencio. De pronto se puso a pegar alaridos, diciendo que a la chica no había que moverla por ningún motivo, que el sitio donde la habían escondido era más que seguro, que llevarla a la gruta de Faraci habría sido una locura, con todas las patrullas que había dando vueltas por ahí... Luego se calmó y dijo que la carta de rescate la escribiría y la mandaría él en un plazo de tres días. Y colgó. Apagó la luz y al rato empezó a roncar otra vez.

—¿Y tú qué hiciste?

—Me fui.

—¿Robaste algo?

—Nada.

—¿Por qué?

—Porque pensé que, si se daba cuenta de que un desconocido había estado en su casa, empezaría a sospechar que habría podido oír la llamada.

—Lo has hecho muy bien.

—Gracias. Y ahora, con su permiso...

Montalbano oyó que se levantaba.

—Espera.

—¿Qué pasa?

—¿Tú te das cuenta de que lo que me has contado no me basta para arrancar?

—Querido *dottori*, yo ya he hecho lo que podía.

—No basta.

—¿Y qué más quiere de mí?

—Que vuelvas a casa del abogado Mascolo.

Cuatro

Gangitano se quedó boquiabierto.

—Si me lo manda usía... —dijo por fin.

—¿Cuándo fuiste?

—Anteanoche.

—¿Y cuándo le dijo exactamente a su amigo que iba a escribir y mandar la carta de rescate?

—Al cabo de tres días.

—Entonces, aún estamos a tiempo.

—¿Para qué?

—Puede que todavía tenga la carta en casa. Es la única prueba que podemos conseguir. Claro que hace falta que vayas esta misma noche.

—Pero...

Montalbano no lo dejó continuar. La decisión estaba tomada y no había posibilidad de rechistar.

—Nada de peros. ¿Llevas todo el instrumental?

—Sí, señor.

—Entonces, por esta vez no vayas en bicicleta.

—A pie me pilla lejos.

—¿Y si vas en mi coche?

—Pero ¡si no sé conducir!

—Te llevo yo.

Gangitano lo miró atónito.

—¡¿Qué dice?! ¿Me acompaña usía a robar?

—Aquí nadie va a robar nada.

—Y entonces, ¿qué vamos a hacer?

—Tú preocúpate sólo de buscar la carta o cualquier otra cosa que vincule al abogado con el secuestro. Si la encuentras, la dejas donde esté y vuelves a decírmelo.

—¿A la comisaría?

—¡¿Cómo que a la comisaría?! Yo te espero en el coche, delante del portal del abogado.

—Vamos, que usía me hace de vigilante.

—Eso es. Y ahora, andando, que no hay tiempo que perder.

Antes de salir de casa, el comisario se metió en el bolsillo un papel con los números de teléfono del coordinador de la investigación del secuestro, el subjefe superior Martorana.

El abogado Antonio Mascolo vivía en el segundo piso de una casa de cuatro plantas algo alejada del centro, en el número cinco de una calle corta pero ancha que, a saber por qué, se llamaba via Stromboli. Era una calle comercial, de modo que no había más que persianas metálicas bajadas. No se veía un alma ni por asomo. El comisario miró la hora. Faltaban pocos minutos para las dos.

Gangitano sacó del bolsillo de la americana una anilla de alambre de la que colgaba una decena de llaves de forma extraña.

—¿Con eso basta? —preguntó Montalbano un poco desilusionado.

—Sí, señor. Si se sabe usarlas, hacen milagros —contestó el otro. Y, mirando al comisario, añadió—: Bueno, me voy.

—Yo te espero aquí.

—¿No irá a detenerme cuando me vea salir del portal? —preguntó Gangitano, receloso.

—Vete tranquilo.

El hombre bajó y se acercó al portal. A Montalbano no le dio tiempo de contar hasta diez antes de ver que entraba y cerraba a su espalda.

Y fue entonces cuando al comisario, hasta aquel momento tranquilo y sereno, le entraron los nervios.

A las dos y diez ya había mirado el reloj veinte veces.

A las dos y veinte se había fumado siete pitillos.

A las dos y media sintió un escozor por todo el cuerpo, como si lo hubieran picado un millar de hormigas.

A las dos y cuarenta se le pasó por la cabeza que el abogado debía de haberse despertado y descubierto a Gangitano y...

Tenía que salvarlo.

No se lo pensó dos veces. Abrió la guantera, cogió la pistola, bajó del coche y se precipitó hacia el portal. Iba a llamar a todos los interfonos hasta que contestara alguien.

En ese preciso instante, se abrió el portal y el comisario se dio de bruces con Gangitano.

—¿Qué coño hace, *dottore*? ¡Vuelva al coche!

Mortificado, Montalbano se guardó la pistola en el bolsillo y obedeció. Gangitano se sentó a su lado.

—No conseguía encontrar nada de nada, por eso he tardado tanto. Cuando ya estaba perdiendo la esperanza, la he visto.

—¿El qué?

—La carta.

Montalbano tuvo que reprimirse para no abrazarlo.

—¿Dónde?

—En el bolsillo de un abrigo colgado en el recibidor. Está ya dentro del sobre, pero sin cerrar. Como llevaba la linterna y me había puesto los guantes, la he sacado y he leído las primeras palabras. Seguro que quiere mandarla por la mañana.

—Muy bien. Ahora acompáñame.

—¿Adónde?
—Al dormitorio del abogado. Luego te largas.

Montalbano se quedó maravillado de la habilidad de Gangitano para el empleo de aquellas extrañas llaves. Era un auténtico maestro. Al cabo de diez minutos ya estaban en el recibidor del piso del abogado, al que se oía roncar desde lejos. El comisario, que no llevaba guantes, le hizo una señal a Gangitano para que sacara la carta del bolsillo del abrigo y se la dejara leer. El otro cogió el sobre, lo abrió y sostuvo el papel delante de los ojos de Montalbano, iluminándolo con la linterna. A éste le bastó con ver la primera línea, escrita con letra de imprenta.

SI QUIEREN VOLVER A VER A SU HIJA CON VIDA...

Ordenó a Gangitano que guardara el sobre en el bolsillo del abrigo y le susurró:
—Vete.
Sin decir palabra, el ladrón abrió la puerta, salió y la cerró. No hizo nada de ruido. Montalbano se encontró en la oscuridad más absoluta y avanzó guiado por los ronquidos del abogado.
En cuanto llegó al dormitorio, sacó la pistola del bolsillo y con la otra mano palpó la pared hasta encontrar el interruptor y encender la luz.
Mascolo siguió roncando. El comisario se sentó en la silla que había a los pies de la cama y luego, con la culata de la pistola, pegó un golpetazo en la colcha a la altura de una rodilla del individuo durmiente, que por fin se despertó, abrió los párpados de sopetón, se incorporó en mitad de la cama y, al ver que lo encañonaban, levantó las dos manos, asustadísimo.
—¿Quién...? ¿Quién eres?

—Eso da igual. Lo importante es que te portes bien, porque si no te pego un tiro —amenazó Montalbano con toda la calma del mundo.

—Te lo suplico, no me hagas daño —pidió el abogado—. Tengo tres millones en el...

—Tu dinero no me interesa.

Mascolo se asustó todavía más.

—Entonces, ¿qué quieres?

Montalbano no le contestó. Se levantó, sacó del bolsillo el papel con el número del subjefe Martorana y lo llamó con el teléfono que había en la mesita de noche.

—¿Martorana? Montalbano al aparato. Perdona que te moleste a estas horas de la noche. Te llamo por lo del secuestro de esa chica. Creo que tengo a tiro a un miembro de la banda. Lo mejor es que estés dentro de un cuarto de hora en Vigàta, en la via Stromboli número cinco. Llama al interfono donde pone el nombre del abogado Mascolo. Ven solo, sin sirenas ni coches patrulla. A lo mejor consigues pillarlos a todos por sorpresa. Te espero, corre.

Y todo salió como había previsto el comisario. Al día siguiente, la joven fue liberada y toda la banda acabó detenida. En la rueda de prensa, el subjefe Martorana afirmó que gran parte del mérito de la operación correspondía a su compañero Montalbano. Pero no reveló ni el porqué ni el cómo.

El jefe superior, por su parte, sí que quiso saber el porqué y el cómo.

—¡Vamos, Montalbano, no irá a decirme que la existencia de la carta en el bolsillo del abrigo del abogado Mascolo, del que nadie podía sospechar, se la reveló el Espíritu Santo!

—El Espíritu Santo no, pero...

—¡Mire, al menos vamos a acordar una misma versión que presentar delante del juez!

—Señor jefe superior, un ladrón se metió en casa del abogado a robar y...

El jefe superior levantó la voz:

—¡Venga, Montalbano, no me cuente sandeces! ¿Me toma por imbécil? Búsquese algo más verosímil.

De repente, el comisario se dio cuenta de que nadie podría creerse la verdad de lo sucedido.

—Muy bien. Fue un soplón. Pero no me gustaría que se quemara, es demasiado valioso.

—¡Ah, por el amor de Dios! ¿Tanto le costaba? El nombre sólo vamos a dárselo al juez y ya nos encargaremos de que ni siquiera lo interroguen. ¿Cómo se llama?

—Agostino Lobue —dijo el comisario, con toda la cara dura del mundo.

Por otro lado, la partida iniciada con Gangitano había quedado a medias, y el comisario quería acabarla. Tuvo la oportunidad cuando, cinco días después de la liberación de la joven secuestrada, acudió a la comisaría su padre, el ingeniero Di Bartolo, para darle las gracias. Le cayó bien de inmediato.

—Claro que, si no hubiera sido por ese informador suyo y por su pronta intervención...

Entonces a Montalbano le vino la inspiración.

—¿Quiere saber lo que pasó realmente? No fue un informador, sino...

Y se lo contó todo.

Di Bartolo se quedó mudo durante un rato y luego dijo:

—Mire, dígale que si quiere ganarse el pan honradamente... sólo tiene que presentarse en mi despacho.

• • •

Aquella misma noche, a las once, el comisario salió de casa, subió al coche y se dirigió a la via Lampedusa. Se detuvo a cierta distancia del garaje. Pasadas las doce, se abrió la persiana. Apareció Gangitano, que cerró, cogió la bicicleta y se alejó pedaleando a gran velocidad. Montalbano lo siguió. En una callejuela poco alejada de la comisaría, Gangitano paró, bajó de la bici, la apoyó en un árbol y se dirigió al portal de una casa de tres plantas, lo abrió, entró y cerró. Montalbano se quedó quieto dentro del coche hasta que, en un momento dado, bajó, encendió un pitillo y se acercó al portal. No tuvo tiempo de acabar de fumar, porque Gangitano abrió la puerta y, al verlo allí, se quedó paralizado.

—Bue... Buenas noches —logró decir.

—Si a ti te lo parecen... —contestó el comisario—. ¿Cuánto has robado?

—Dos mil liras.

—Vuelve donde las has cogido y déjalas en su sitio. Te espero.

—¿Para qué?

—Para llevarte a comisaría detenido.

—Muy bien —contestó Gangitano.

Regresó al cabo de cinco minutos.

—Sube al coche.

El hombre obedeció. Una vez delante de la comisaría, Montalbano aparcó.

—¿Sabes qué?, en el informe voy a poner que has opuesto resistencia y que me has pegado un puñetazo.

Gangitano lo miró pasmado.

—De usía no me lo esperaba. ¿Por qué quiere meterme entre rejas?

—No quiero meterte en ningún lado. Quiero proponerte una elección. O ser detenido y pasar unos añitos a la sombra o llamar mañana por la mañana de mi parte al ingeniero Di Bartolo, que es el padre de la chica secuestrada.

—¿Y qué hará el ingeniero?

—Darte un trabajo honrado.

Gangitano se quedó mirando a Montalbano en silencio un buen rato. Luego sacó la anilla de las llaves y se la puso encima de las rodillas.

—Quédeselas de recuerdo. Mañana por la mañana llamo como quiere usía. Buenas noches.

—Buenas noches —contestó el comisario, y le abrió la puerta para que bajara.

Índice